講談社文庫

裏関ヶ原

吉川永青

講談社

◉目次

裏関ヶ原

幻の都

朝鮮《ちょうせん》にある日本軍の城は、現地の城をそのまま使っているのではない。全て新たに築造した日本式の城である。まだ新しい畳の匂いも、広間へと差し入る陽光も、日本と何ら変わらない。だが出陣に際して漂う空気だけは、そこはかとなく、ぎくしゃくしたものに感じられた。

「然《しか》らば梁山城《りょうざんじょう》に援軍いたし申す」

左脚を崩した胡坐《あぐら》で、総大将・小早川秀秋《こばやかわひであき》を前に発した。具足を着けたこちらに合わせるためか、目の前の若武者も紫《むらさき》糸縅《いとおどし》の姿である。もっともその具足には未だ傷ひとつ付いていない。

秀秋はごくりと唾を飲み込み、無言で頷《うなず》く。如水《じょすい》は苦笑を以《もっ》て応じた。

「それがし、戦に於《お》いて未だ負けというものを知り申さぬ。大船に乗ったつもりでおられませ」

「うむ……黒田《くろだ》殿が頼りゆえ。全て任せる」

ようやく発して、ぎこちなく顔を綻《ほころ》ばせる。初陣《ういじん》で総大将を命じられた秀秋には、天下人・豊臣秀吉《とよとみひでよし》が軍師と認めた男――この黒田如水に任せて悠々と構えているのも難しいようだ。

如水は一礼し、傍らに置かれた杖を手にゆっくりと座を立った。不自由な左脚を引《ひ》き摺《ず》りながら広間を辞する。すがるような眼差しが、ずっと背に向け続けられているのを感じた。

本丸館の玄関先では、供を務める栗山利安《くりやまとしやす》が待っていた。

「大殿の手勢千五百、いつでも発てるよう支度は整っております」

利安から銀白檀塗《ぎんびゃくだんぬり》の合子形兜《ごうすなりかぶと》を受け取って剃髪《ていはつ》した頭に戴《いただ》き、左脚を杖で補いつつ城を出る。慶長《けいちょう》二年（一五九七年）も暮れなんとする十二月下旬、釜山《ふざん》城のある甑台《びんだい》山《さん》の木々も既に葉を散らしていた。木立の間から見下ろす麓《ふもと》のすぐ先では釜山湾の青黒い水に小波《さざなみ》が立ち、昼下がりの陽光がちらちらと跳ねている。いくらか暖かな海風も、右のこめかみから頬にかけての痣《あざ》に受けるときりきり痛んだ。古い傷跡ゆえである。

山を下りながら、すぐ後ろに付き従う利安が問うた。

「総大将殿は何と仰せでした」

如水は努めて平らかに返した。

「全て任せるとだけ、な」

「それはまた……頼りない話ですな」

この城は釜山湾の港を守る要であり、ひいては日本からの兵や矢玉、兵糧を運ぶための基である。然るに総大将の秀秋は齢《よわい》十六、おまけに戦の実際を知らない。いかにも気の弱そうな若者を残して出陣することに不安がないと言えば嘘になった。

去る十二月二十二日、朝鮮および宗主国の明《みん》が連合し、五万七千にも及ぶ兵で日本の蔚山《うるさん》城に猛攻を加えた。朝鮮での拠点として築いている最中の城である。日本軍は加藤清正《かとうきよまさ》らを派遣してこれを痛打し、明・朝鮮軍の襲撃を返り討ちにした。

以後、敵は数に物を言わせて城を包囲する方針に切り替えている。こうなると日本軍は苦しかった。未完成の城ゆえ各所の防備が弱く、十分な兵糧を運び入れた訳でもない。籠城《ろうじょう》が長く持たないのは自明であった。これを救うべく、如水の嫡子にして黒田の現当主、黒田長政《ながまさ》が梁山城から兵を出していた。

すると今度は、長政が空けた梁山城に敵軍八千が押し寄せてきた。如水の出陣は釜山と蔚山を結ぶ梁山を救援するためであった。

「兵の数については？」

問うた利安に背を向けたまま、如水は無言で首を横に振った。梁山の敵八千に対してこちらの援兵は千五百、この差についても秀秋は、ひと言の懸念すら差し挟まなかった。

利安は大きく溜息をついた。

「太閤殿下は秀秋公に手柄を立てさせたいのでしょうな。義理の甥で、かつてのご養子……お気持ちは分かりますが」

如水は心中で頷いた。これを親心とは呼べまい。秀吉はなぜ秀秋に総大将を命じたのか。全て軍監に任せるだけでは、秀秋の得るものが何もない。

（殿下も、わしも……自ら駆け回り、智慧《ちえ》を絞ってきた）

若き日の如水は播州姫路《ばんしゅうひめじ》の小領主であった。秀吉と知り合って従うようになり、播《はり》磨《ま》一国を秀吉のかつての主君・織田信長《おだのぶなが》に帰属させるために走り回った。摂津有岡《せっつありおか》城主・荒木村重《あらきむらしげ》が信長に謀叛《むほん》した際は、降伏を勧告しに出向いた。そこを捕らえられて、実に一年も狭い土牢に幽閉された。左脚の自由が利かなくなり、顔に醜《みにく》い痣ができた原因である。この時は秀吉や利安が、己を助け出すべく奔走してくれた。

西国の雄・毛利《もうり》との戦いでは備中高松《びっちゅうたかまつ》城を前代未聞の水攻めにした。その最中、信長が明智光秀《あけちみつひで》の謀叛で横死すると、毛利と——秀秋の養父・小早川隆景《たかかげ》と——交渉して和睦《わぼく》し、大返しに京へと取って返して光秀を討った。

何ごとに於いても自力で乗り越えてきたからこそ、秀吉は天下人の高みに登ること

う。

　身を以て知っているはずなのに、どうして秀秋にそれをさせぬのだろがて

「大殿」

　利安の声で、ぼんやりとした思考が断ち切られた。既に山を下りきり、千五百の兵の目前まで来ている。

「何をお考えでした。背中が寂しそうに見えましたぞ」

　如水は肩越しに振り向き、ふうわりと微笑を湛《たた》えた。

「大事ない。まずは長政を助けてやらねばな」

　発して顔が渋くなった。子のために出陣するのでは、己も秀吉をとやかく言えぬ。そこに思い至ると、無性におかしくなって笑い声が弾けた。

　大笑しながら兵の前に進む。皆が「何ごとか」という目を向けてきた。なおひと頻《しき》り笑い、如水は声を張った。

「皆の者、何という顔をしておる。我らはこれから勝ち戦に臨むのだ。初陣より三十五年、わしは一度たりとて戦に負けたことがない。信じて命を預けよ。いざ、進め」

　腰の軍配を取り、北西に向けて振るう。軍兵は「おう」と声を合わせると、示された方へと道を進んだ。兵の行軍を見ながら、如水自身は輿に乗った。屋形を設えていない、空が見える板輿である。左右の轅《ながえ》を前後二人ずつの兵が肩に担ぎ上げ、軍兵の

中ほどを進む。栗山利安、井上之房《いのうえゆきふさ》、母里友信《もりとものぶ》、長く苦楽を共にした股肱《ここう》たちが輿の周囲に馬を進めた。

＊

釜山から梁山まではおよそ三十里（一里は約六百五十メートル）の道のりである。如水は行程の半分ほど、洛東江《らくとうこう》の河岸にある亀浦城《かめうら》で一夜を明かし、黎明《れいめい》を待って川沿いに北上した。

洛東江が北西に向きを変える辺りに支流の浅瀬がある。川向こうに田圃の土が黒々と広がり、さらにその先には北東から南西に向けて低い峰が三つ連なる山が見えた。梁山城は西端の頂《いただき》にあり、それを前に明・朝鮮連合の八千が横陣を布いている。敵陣までは二里足らずか。

「全軍、伏せい」

如水はまず、敵に気取られぬように徒歩《かち》兵を地に這《は》わせ、枯れ草の野に隠れさせた。身を起こしているのは輿を担ぐ兵と、周りを固める三騎の将のみである。このぐらいの数なら気取られることがない。

様子を窺《うかが》ううちに、ドン、と腹に響く音がこだました。明軍の大砲が火を噴き、城のある山の中腹に土煙を上げる。それが二十余りも続くと辺りに静寂が戻った。敵は徒歩兵を前に置き、大砲はその後ろという布陣である。いずれも城方の放つ鉄砲が届かないぐらいの位置だった。

如水は遠目に眺め、腕を組んだ。

(理に適った布陣だ……が、まだ甘い)

鉄砲にしても大砲にしてもそうだが、一発を放った後には砲身を冷まさねば次の弾込めができない。音の止んだ寸時に、輿の前に馬を進める母里友信を呼んだ。

「太兵衛《たへえ》。五百の兵を連れてこの支流を溯り、上流から渡れ。大きく右手から回って城の山の裏に潜むべし」

「承知」

城への砲撃が再開され、敵兵の意識がそちらに集中する。この隙に友信が進発した。砲撃と静寂の時が繰り返されるのをさらに二度待って、如水は井上之房に声をかけた。

「九郎右衛門《くろうえもん》。次に大筒《おおづつ》が放たれたら、鉄砲二百、徒歩七百を率いて進め。攻め掛かれば気取られようが、大筒を扱っておる最中にこちらを向いて、すぐに戦える訳はない。右後ろから鉄砲を射掛けて乱し、川の方へ追い遣れ」

「はっ」

之房は鉄砲方を前に、その後ろに徒歩を並ばせた。敵の目に付かぬよう、兵たちは屈《かが》み込んだまま列を整えた。

そして――。

ズドン、と次の砲撃が響く。之房の発した「進め」の号令で兵が立ち、一気に前に出た。眼前の川は然して深くなく、腹まで水に浸かるぐらいで渡り果せる。兵たちが渡河を終えた頃には砲撃の音が止み、之房率いる九百も再び地に這って身を隠した。

半刻（一刻は約三十分）もすると、さらに次の砲撃が始まる。これを機に之房と兵が一斉に駆けた。二里ほど離れているとは言え、千近くの駆け足がまとまれば音は届く。しかし大砲の轟音《ごうおん》と揺れがそれを掻《か》き消していた。

一里ほどの辺りまで近付くと、さすがに敵兵も感付いたらしい。もっとも敵陣の後尾、すなわちこちらの正面にあるのは大砲である。如水の見立てどおり、後ろから急襲されてすぐに応じられるはずもなかった。

「放て」

之房の発した大音声が、一里を隔ててなお微かに渡って来る。それに続いて鉄砲二百の乾いた音が冬の枯れ野に唸《うな》りを上げ、白い硝煙《しょうえん》が虚空へと立ち上った。

鉄砲の射程は四町（一町は約百九メートル）ほど、この斉射が大砲を扱う敵兵を捉えることはない。だが敵は驚きに包まれ、多くがこちらを向いた。豆粒ほどに見える兵は突然の音に怯《ひる》み、乱れて、整然とせぬ慌しい動きを見せている。そこを衝《つ》いて之房の徒歩七百が一気に前進し、大砲方の敵兵に襲い掛かった。

「善助《ぜんすけ》、我らも前へ」

利安に命じ、如水と護衛の徒歩兵が浅瀬を渡った。

その間に之房の鉄砲方は弾込めを終え、さらに前に出ていた。先陣にあった敵の徒歩兵がやっと後方へ参じたところを目掛け、二度めの斉射を加える。今度は間合いも三町ほど、弾の届く距離であった。撃たれて倒れた者も多く、敵の後続はそれに足を取られて転んだり、立ち往生したりという体《てい》たらくであった。

鉄砲と徒歩が交互に攻撃を加え、少しずつ敵の数を削り、戦意を殺《そ》ぎ落としていく。半時（一時は約二時間）ほど斬り結んだ頃には、明・朝鮮連合は壊乱し、城の南西を流れる洛東江に沿って逃げ、山の裏手に回ろうとした。ここに至って城方も息を吹き返し、鉄砲で追い討ちをかけている。

「勝ったぞ」

如水が呟くと、利安がこちらを向いて大きく頷いた。

ほどなく、先に逃げたはずの兵が慌てふためいて戻って来た。その様は波が逆さに返るように急であった。先んじて回していた母里友信の伏兵に遭遇し、追い立てられたものである。算を乱した敵軍八千は大半が散りぢりに逃げ去り、戦は終わった。

「大殿お」

持ち前の大声を発して槍を掲げ、友信が馬を進めて来た。

「唐土《もろこし》の者共は相変わらず手応えがありませんのう。これなら何度戦っても勝てますぞ」

「如何《いかが》なされました」

豪快に笑う友信に対し、如水は渋い顔であった。

利安に声をかけられ、ゆっくりと頭を振る。

「明に朝鮮、彼奴《きやつ》らめ……戦慣れしてきたわい」

「はて。五年前と同じで、少し叩かれたら腰が引けたようですが」

「いいや。陣の布き方で分かった。此度《こたび》は城方と寄せ手、数の違いに胡坐をかいて後詰を怠ったようだが、次には学ぶだろう。それに」

半分ほどは持ち帰ったようだが、敵は撤退するに当たり、野辺に大砲を打ち捨てていった。数えてみれば十三門もあった。

「日本で大筒をこれほど揃えるのは並大抵のことではない。されど明は蔚山攻めの一方で、隙を衝いて梁山に回す兵にまでこの数を持たせられる」

物量や兵の数に勝る相手がこれ以上戦に慣れてしまえば、攻め下すなどできぬ相談であろう。言外の意図を察したか、股肱の将たちも面持ちを曇らせていた。

戦勝を得た如水は梁山城で数日を過ごした後、釜山城へと返した。そして年明け慶長三年（一五九八年）の一月半ば、喜ばしい報せが届く。蔚山城が嫡子・長政らの救援によって態勢を立て直し、日本軍はそちらでも大勝を収めたということであった。

＊

梁山と蔚山では敵軍を完膚《かんぷ》なきまでに叩いたものの、問題がない訳ではない。此度、特に蔚山では兵糧の枯渇が深刻で、今少し援軍が遅れていたら落城は必至であった。

「何ゆえか」

一月二十日、釜山城本丸館の広間で福原長堯《ふくはらながたか》が声を荒らげる。総大将・小早川秀秋を交えての評定《ひょうじょう》であった。

城主の座にある秀秋の右手には、筆頭から宇喜多秀家《うきたひでいえ》、毛利秀元《ひでもと》、そして如水が座る。これら三人の軍監の下座には、先の戦いで援軍に赴いた面々が参じていた。正面は筆頭に福原、次いで蔚山援軍の軍目付《いくさめつけ》を務めた早川長政《はやかわながまさ》、垣見一直《かきみかずなお》、熊谷直盛《くまがいなおもり》の三人、さらに釜山城付きの諸将が座っている。

「苦しい思いをして守った蔚山ではござらぬか。手放すなど以ての外と存ずる」

福原の激昂《げきこう》は治まらない。猛然たる弁に、援軍の大将を務めた毛利秀元がむっつりとした顔を向けた。

「其許は援軍に参じておらず、蔚山で籠城した訳でもなかろう」

「槍働きをしておらぬ者の言は軽いと仰せか」

「あの戦いを目の当たりにしておらぬから、気楽なことを言えるのだと申しておる」

互いに嚙み付かんばかり、喧嘩腰で論を戦わせる。秀元が左隣で怒鳴り散らすため、如水は耳にやかましく思ってちらりと顔を見た。

――と、首座にある秀秋も目に入る。がちがちに顔を固め、どう収拾したら良いのかという困惑を顕《あら》わにしていた。

福原は、つるりとした白面を朱に染めた。

「それがしとて仔細《しさい》が分からぬものではござらん。現に加藤清正殿、蜂須賀家政《はちすかいえまさ》殿らは蔚山城を空けて評定に参じることすらできぬほど苦しい思いをしておられる。それほどの苦境を乗り越えて守った地なのです。捨てるなど、皆の武功を蔑《ないがし》ろにするものぞ」

そして如水に目を向ける。

「黒田殿のご嫡子、長政殿も梁山を離れられぬ由《よし》にて。然らばお分かりいただけ――」

「阿呆」

ひと言で遮《さえぎ》った。福原は何を言われたか分からぬという顔だったが、それは瞬時のこと、すぐに目を吊り上げて口を開きかけた。如水は福原の口を封じるように言葉を継いだ。

「苦しければ、やめたが良かろう。そもそも蔚山に梁山……いやさ、西の順天《じゅんてん》とて同じだが、あまりに釜山から離れ、前に出すぎておる。兵糧を送るに難く、敵に攻められて孤立しやすい。今のままでは保てぬわ」

すると福原の隣にある早川長政が口を開いた。

「そう仰せられたものでもござるまい。朝鮮と長く交易をしておられる対馬《つしま》の宗義智《そうよしとし》殿なら、この地の民や軍兵を手懐けることもできようかと存ずるが」

如水は目だけを向けて応じた。

「最初の唐入《からい》りでも、宗殿はそう申されておった。されど結果はどうだ。この地の者は我らの旗色が良い間は従うておったが、急に兵を進めて糧道が延びた途端、掌《てのひら》を返して不意打ちや騙し討ちに及んだ。そういう反骨の心が旺盛《おうせい》な者共ぞ」

今度は早川のさらに隣、垣見一直が声を上げる。

「然らば黒田殿は、この地を如何《いか》にして攻め取り、治めよと仰せられる」

「治めるなど、どだい無理な話よ。軍兵も民も、全てを根絶やしにせぬ限り、この国を鎮めることなどできん」

　唐入りそのものが無益なのだと言いきったに等しい。朝鮮王朝や軍の要人ならいざ知らず、末端の兵や民まで根絶やしにすれば、この地を切り盛りすることもできないのだ。

　福原が「ふふん」と鼻で笑った。

「初陣より今まで戦に於いて負けたことなし、でしたかな」

　如水も同じように鼻で笑って返した。

「まあ……軍監としての見通しを述べただけだ。この軍がどうしても戦の手を拡げるというのなら、わしは如何なる時でも最善の策を講じるまで」

　言葉を切って秀秋に眼差しを流し、採決は総大将の役目であると示す。その上で続けた。

「勝てぬと分かっていて、なお真正面から挑むのを馬鹿と言う。わしは今まで、そういう戦をして来なんだのでな」

　福原が「何を」と色を作《な》し、腰を浮かせた。

「やめい」

　一喝を加えたのは軍監の筆頭、宇喜多秀家であった。

「福原殿、総大将殿の前であるぞ。太閤殿下の御前に同じと心得られい」

福原を制すると、首座の秀秋に向き直って居住まいを正す。

「蔚山、梁山、順天、三城を捨てて兵を整え直すべしという論は根強くあり申す。されど今のまま保つべしという論も、これまたあり。この評定に参じた皆、そして件《くだん》の三城にある皆がどちらを是とするかで決を取られては如何かと」

秀秋はようやく人心地が付いたという風に「うむ」と頷き、まずは評定の席にある面々の決を取った。三城放棄を支持する者が六人、反対は八人だった。如水はどちらにも挙手せず「如何なる時でも最善の策を講じる」と、先の言葉を繰り返した。

小差ゆえ、三城の守将の賛否で採決は変わる。これを確認して評定は散会となった。

如水はいつものように杖を取り、ゆっくりと立つ。ふと目に入った顔があった。ちょうど正面の垣見一直が、隣の熊谷直盛とひそひそやっていた。二人とも三城放棄には反対という者だ。こちらの眼差しに気付いたか、二人が顔を向ける。目には明らかな嫌忌《けんき》を湛えていた。

数日後、三城の将から寄せられた書状を元に最終的な決が取られた。結果、放棄を是とする者が二十を超え、多数となった。これを受けて宇喜多秀家は、毛利秀元や蜂須賀家政ら十二人との連名で秀吉に上申書を送った。

＊

三城放棄の上申から一ヵ月余、慶長三年も三月となった。如水は栗山利安と兵五十を供に連れて亀浦城を目指している。梁山城の救援に向かった際、道中の一夜を明かした場である。釜山からは北西におよそ十五里、一日で往復できる距離だった。

異国の地でも春は目に眩しい。板輿に降り注ぐ日の光は爛漫《らんまん》たるものだ。もっとも、心は晴れない。遠く日本から暗雲が流れて来ている。溜息をつき、そのたびに若草の萌える景色を眺めて気持ちを切り替えようとした。

何度めにそうした時か、草むらの中で目に付くものがあった。

「善助、あれへ」

利安に命じて輿の行く先を左前に向ける。辿り着いた先には骸《むくろ》があった。完全に骨だけの姿となっているが、されこうべの脇には赤く錆びた鉢金と粗末な腹巻があり、日本の足軽と分かった。

「これは……六年前の唐入りの時でしょうか」

利安が手を合わせて瞑目《めいもく》する。如水も輿の上で合掌して黙禱《もくとう》した。

再び目を開いた際、腹巻の胸元に奇異なものを見た。全体が薄黒く汚れ、朽ちて崩れかけた木製の十字架であった。如水は兵に命じて輿を下ろさせ、骸へと歩を進めた。

「そうか。おまえ、信仰は捨てなんだか」

ひと言を漏らし、右の膝を地に突いた。

如水はかつて切支丹《キリシタン》に改宗していたが、秀吉が布教を禁じたため信仰を捨てた。既に改宗している者については咎めぬという触れだったが、秀吉の側近くに仕える身が禁教に帰依《きえ》しているのは具合が悪かった。

「身分がないというのも、悪いものではないな」

自らの胸の前で十字を切って霊を慰め、然る後に骸の胸から朽ちた十字架を取る。

「大殿」

利安が懸念して声をかける。何を言わんとしているのかは分かった。

「障りあるまい。供養《くよう》してやるだけだ」

輿へと戻り、再び亀浦を指した。

切支丹の教えを捨てた理由は、もうひとつある。全能神《デウス》への信仰を持ち続ければ、讒言《ざんげん》を弄《ろう》する者があると危惧したからだ。その者――秀吉の側近・石田《いしだ》三成《みつなり》の存在こそ、亀浦へと赴く今、胸の内に流れ込む暗雲であった。

亀浦城に到着して広間へと進む。そこに待っていたのは嫡子・長政であった。先頃まで梁山城を固めていたが、三月になってこの地へと移されている。やや両眉の端が下がった顔はもう少し丸かったはずだが、今は頰がこけて見えた。突出しすぎた梁山を守っていた疲れだろう。

「お久しゅうございます」

城主の座を外して父と同じ高さの畳に座り、長政は深々と頭を下げた。そして、何とも悔しそうに続けた。

「此度は父上のお名前にお助けいただいた格好です。面目次第もございませぬ」

ずっと小早川秀秋を見ていたせいだろうか、長政のこの姿が頼もしく思える。如水は声を和らげて返した。

「良い、面を上げよ。それより」

蔚山、梁山、順天の三城を捨てて兵を整え直すべし。この案を秀吉は一蹴し、上申書に名を連ねた十三人を叱責《しっせき》していた。その際、梁山にあった長政は名を記していない。だが三城放棄には賛同していたと聞く。

面を上げた長政は顔を強張らせ、奥歯を嚙み締めている。如水は首から上だけを前に突き出すようにして問うた。

「まさかとは思うが、援軍に出て戦をしなかったというのは、まことではあるまいな」

途端、長政は眉を吊り上げた。両端が下がり気味ゆえ、吊り上げたと言っても余の者のすまし顔に近い。それゆえにこそ鬼気迫るものが感じられた。

「讒言に決まっておりましょう。それがしは粉骨砕身、蔚山を救うために駆け回りました」

長政は鍋島直茂《なべしまなおしげ》率いる援軍一番隊に属し、他に先んじて蔚山に駆け付けた。そして二番隊と三番隊の到着を待ちつつ、布陣した山中で太鼓を鳴らし、兵に鬨《とき》の声を上げさせ、敵軍に比べて少ない軍兵を多く見せるように腐心したという。

全ての援軍が到着すると、三番隊・毛利秀元の陣中から吉川広家《きっかわひろいえ》が突撃して先鞭《せんべん》を付けた。日本軍はこれを契機に総攻撃に掛かり、敵を圧倒したそうだ。

「余の者が全て出ておるのに、それがしひとりが尻込みするはずがござりませぬ」

「全て、か」

確認して、如水は唸った。蔚山への援軍については、長政と蜂須賀家政が戦をしなかったと報告されたらしい。秀吉に報せたのは福原長堯、熊谷直盛、垣見一直の三人、このうち熊谷と垣見は援軍の軍目付であった。

「なるほど、叩きやすいところを叩きに出たと見える」

やはり讒言は疑いない。思うに、これを企んだのは福原であろう。三城放棄に反対するも、多数決の末に退けられたのを怨んだか。宇喜多秀家や毛利秀元、大身の大名家にある者を陥れることはできぬと考え、秀吉に近しい中でも蜂須賀と黒田、双方の二代目を狙い撃ちにしたようだ。

長政は憤然としつつも、静かに問うた。

「やはり治部《じぶ》……三成でしょうか」

「おそらくな」

頷いて返した。福原は三成の妹婿である。加えて、この一戦に対する酷評は三成にも好都合だったのに違いない。何しろ蔚山で必死の籠城戦を繰り広げていたのは、三成と犬猿の仲の加藤清正なのだ。

秀吉からの叱責は城の放棄に止まらない。蔚山の戦いそのものに及んでいた。彼の地が突出しているのは端から分かっているのに、そもそも清正が蔚山に入るのが遅い。敵をおびき寄せるため敢えて入城を遅らせたのならまだしも、何の計略もなく戦に臨んでは苦戦も当然だ、と。

清正が籠城して城を維持したのは、間違いなく功績である。それにすら触れないのだから、他も推して知るべしである。戦をしなかったと報告された蜂須賀家政は、上申書の件と併せて領国への逼塞《ひっそく》が命じられた。

長政が梁山城を空き家同然にしたのも、論外だと断じられていた。明軍は奇襲に長《た》けた朝鮮兵と連合している。それを忘れた迂闊《うかつ》な采配と言わざるを得ない。このような者に要地・梁山を任せることはできぬゆえ、亀浦に下がるべし——それが秀吉の沙汰であった。

「蜂須賀殿より軽いお叱りではございますが」

発して、長政は唇を噛んだ。さもあろう、槍働きで主君に仕える武士にとって、矢面から下がれと命じられるのは恥辱である。

叱責は如水にも向けられていた。本陣にあって策を立てねばならぬ身が梁山救援に出向いたのは、我が子の失態を隠そうとした恥ずべき所業である、と。こうした一方で、三成に近しい福原ら三人には加増が沙汰されている。何がどう動いたのかは考えるまでもない。

「黒田の当主として……情けないことになってしまい申した」

悔し涙に揺れる声で、長政はまた頭を下げた。

「左様に思うなら抜きん出た働きを示し、讒言する者を黙らせよ」

如水はそう残して広間を去った。口にも態度にも出さぬが、我が子が男として正しく育っていることは誇らしかった。

釜山への帰路、傾き始めた日を背に如水は思った。秀吉は変わった、と。

「善助」

輿の前の馬上で、利安が顔をこちらに向けた。

「はい」

「おまえ、殿下のお若い頃を覚えておるか」

「それはもう。溌剌として、下の者にも分け隔てなく接してくださる、まこと慕わしいお人柄でしたなあ」

あの頃の秀吉は配下に何らかの責めを与えても、同時に「また励め」と言ってくれた。主君・織田信長の下で懸命に駆け回り、明日を笑って暮らしたいから今日を戦うのだと目を輝かせていた。

無論、天下人となったからには、それだけではいけない。ただ、秀吉から労《いた》わりの心が見えぬようになってしまったのは寂しい限りであった。秀吉をその立場に押し上げたのは他ならぬ己であるが、余計なことをしたのかも知れぬとさえ思えた。

利安はなお昔を懐かしんで続けた。

「そうかと思えば、恐ろしく頭の切れるお方でした。特に徳川《とくがわ》様を従えた時の策など、それがしは震えたほどですぞ」

あれは十二年前か。信長が死に、織田の跡目争いに勝って天下人への階《きざはし》を上り始めた頃だ。徳川家康《いえやす》は上洛して臣礼を取ることを拒み続けていた。秀吉は困り果て、三成に至っては「かくなる上は攻め滅ぼすのみ」と息巻いていた。

戦って勝つことは十分にできる。だが自らとて無傷では済まない。秀吉はそう判じて三成の言を退け、飽くまで策を以て解決する道を探った。

当時、傘下に入って間もない真田昌幸《さなだまさゆき》が、北条氏直《ほうじょううじなお》に所領を攻められていた。これを知るや秀吉は無理を承知で真田に上洛を命じた。当然のように拒まれると、これを罰すると称して家康に真田攻めを頼んだ。信濃《しなの》を従えたい家康の歓心を買うためだと、誰もが思った。

ここからが秀吉の恐ろしさである。真田攻めを命じる一方、秀吉は生母の大政所《おおまんどころ》を人質に出して家康の上洛を求めた。上洛を拒んで真田を——秀吉の傘下にある者を攻めるなら、力で徳川を潰すという脅しである。だが上洛すれば、家康は秀吉に臣礼を取らざるを得ない。

如水は思わず「うむ」と唸った。

「家康殿がどう立ち回っても損をするように仕向けるとは、わしも舌を巻いた。三成が」

そこで言葉が止まる。あの頃の秀吉は、三成が何か言ったところで容易《たやす》く流されるようなことはなかった。

思いは同じなのだろう、利安が溜息をついた。やるせない気持ちを隠しもしない。

「殿下はお変わりになられました。もはや我らの知っていた羽柴《はしば》秀吉様ではない、天下人の地位に飲まれてしまった豊臣秀吉様なのです」

如水は、ぐっと奥歯を嚙んだ。

「そう思いたくはない。が……そうかも知れぬな」

立場は人を作る。そして、人を変えてしまうものなのか。だが、それを助長する者がいるからこそだ。

石田三成——己が切支丹の教義を捨てたのも、先の唐入りで三成と対立して讒言されたがゆえである。許しを請うため、剃髪して如水円清《えんせい》の法号を得たが、以後の秀吉は己に対しても冷淡になってしまった。

「此度の唐入りとて、本当なら三成がお諫《いさ》めせねばならなかったのに」

忌々《いまいま》しい思いで呟き、それきり口を噤《つぐ》んだ。利安も、何も返さなかった。

＊

件の三城を維持すると決した後は、それらの守りを堅固にするよう普請《ふしん》を重ね、鉄砲を増やして火薬も作り、兵糧の備えも万全にすることが求められた。これらの支度が整うと、九州勢の六万余を残し、四国・中国勢七万と小早川秀秋は帰国した。翌年に再度大軍を投入するための準備である。

だがその後間もなく、慶長三年八月十八日に秀吉が世を去った。後継は嫡子・秀頼《ひでより》である。秀吉の死が秘匿《ひとく》されたまま、二ヵ月後の十月十五日、豊臣五大老筆頭・徳川家康の裁定によって朝鮮に残った軍兵に順次撤収が命じられた。

如水は四月に帰国して豊前中津《ぶぜんなかつ》城にあったが、秀吉の死を知らされたのは八月二十四日のことであった。天下人の薨去《こうきょ》で混乱していたのは分かるが、六日も過ぎてからの一報には寂しさを覚えた。また一方では、己を疎《うと》んじる者が意図したかと勘繰りもした。いずれにせよ、と大坂《おおさか》へ弔問《ちょうもん》に出向き、十一月になって中津に戻った。

中津城は十年前に普請された新しい城で、旧来の城のように本丸館と天守が分かれていない。城主やその家族は天守の内に居室を割り当てられている。一階は武具兵糧の蔵となるのが常であるが、中津城に於いては如水の居室も一階に取られていた。不自由な左脚で階段を上り下りさせぬよう、長政が計らったものである。

常ならばこの城は長政に任せ、自らは大坂の屋敷に入っていることが多い。だが秀吉の――またなき君と信じた人の弔問を終えた後である。安息の地で心を静めたく思い、国許へと戻ったものであった。

色付いた庭木の葉を眺めながら、如水は自ら茶を点《た》てる。茶筅《ちゃせん》を回すごとに茶碗の中の泡は細かくなり、やがて薄緑色の糊《のり》の如く滑らかになった。

茶筅を持ち上げ、上下に軽く振る。ひと雫《しずく》が落ち、碗の中の茶をわずかに揺らした。

「露と落ち」

　ぼそりと独りごちた。

　露と落ち　露と消えにし　我が身かな　浪速《なにわ》のことは　夢のまた夢――秀吉の辞世だそうだ。

　露の如くこの世に生まれ落ち、そして消え去る生涯か。何もかも、浪速（大坂）で過ごした栄華の日々さえ、夢の中で夢を見ているように儚《はかな》いものだった。人の生という不確かなものへの嘆きを詠んだ歌に、胸が詰まる。

（秀吉様）

　茶の湯とて秀吉に勧められて学んだものである。彼岸の人を思い、如水は涙を流した。

　だが自らに許した涙は、そのひと筋のみであった。今は考えねばならぬことがある。秀吉という偉人を失ったこの国が動揺するのは火を見るよりも明らかなのだ。

　茶碗を口に運び、三度に分けて飲み干す。最後のひと雫を啜り終えると大きく溜息をついた。

　これからの豊臣は、どうなるのだろうか。

　朝鮮からの撤兵は家康が決めたことだが、秀吉が逝去《せいきょ》したとあっては、三成も異論を挟む訳にはいかなかったらしい。とは言え、来年に予定されている出兵をどうするかは未だ明らかにされていない。

「石田治部。どう出る」

二度の唐入りは間違いなく秀吉の失策であった。だが、その秀吉の遺志であると三成が主張すれば、どう転ぶかは分からない。去る一月に朝鮮三城放棄の上申を発した面々が叱責され、処罰されたのも、三成一派が讒訴に及んだからだ。慎重にことを進めるべしとする者を排斥したのだから、またぞろ外征を強行せんという一派が生まれる見通しも十分にある。

「わしに止められるだろうか」

三成は秀頼の生母・淀《よど》の方に取り入っている。五大老の下、奉行衆のひとりでしかない身が豊臣の政《まつりごと》を左右できたのも、全てはそのためだ。

「無益……無益」

今、この国には一時の休息、安息こそ必要だ。どの地も、どこの民も、長く続いた戦乱によって磨《す》り減っている。国を安んじて富ませるべき時なのだ。若き日の秀吉が求めた「笑って暮らせる明日」は、戦をやめさえすれば手に入るようになっている。

「申し上げます」

居室の外に栗山利安が参じ、廊下で片膝を突いた。

「井伊《いい》兵部《ひょうぶ》殿からのお使者が参られましたが」

「兵部殿の？」

井伊直政《なおまさ》は徳川家臣であり、所領は家中最高の十二万石を数える。名実共に徳川第一の将と言って差し支えない。今は家康の命によって、唐入りの本陣となった肥前名《ひぜんな》護屋《ごや》城に詰め、引き上げの者たちを迎えていると聞く。

その男が使いを寄越してきた。何かが動こうとしている。

「……広間に通せ」

発して、如水はゆっくりと立ち上がった。隠居の身とて、未だ長政が帰国せぬ上は己が黒田を切り盛りせねばならぬ。

小姓の手を借りて天守の階段を三階まで上り、利安と共に広間へ入った。そこには取り立てて目立つところのない男が平伏して待っている。城主の座へと進み、左脚を崩した胡坐で座に着いた。利安が右手前に侍し、その後ろに小姓が控えた。

「黒田如水じゃ。面を上げられよ」

「はっ。此方、徳川内府公家中・井伊兵部が臣――」

「それは取り次ぎに聞いた。用向きは？」

使者は極度に緊張しているらしい。口籠《くちご》もりながら、胸に抱いた書状を取り出した。

「用向きは、その、聞いておりませぬ。ここな書状に全て記されておるとだけ」

如水がちらと目を流すと、すぐに小姓が動いて書状を受け取り、手元へと運んだ。

奉書紙の包みを取って中を検める。すまし顔を崩すことはないが、読み進めるごとに心が波立った。

(殿下)

胸に秀吉を思う。この書状にどう応じたものか。ひとつ、二つ、三つ。呼吸を繰り返して気を落ち着け、最後にひとつ、深く呼吸して意を決した。

「承知したとお伝えあれ」

「は……はっ。有り難き幸せに存じます」

如水は、やんわりとした笑みを使者に向け、書状を懐に入れて広間を去った。

苦労して階段を下り、居室に戻ると利安が問うた。

「兵部殿からは何と?」

「兵部殿と言うより、家康殿からの頼みよ。養女の栄姫《えい》を長政の嫁に取って欲しいと」

「ほう。側室ですか」

如水は大きく首を横に振った。

「正室として迎える」

利安は仰天して、身を仰け反らせた。

「大殿、お待ちを。殿には既にお方様がおられます」

長政には糸《いと》姫という正室があった。豊臣恩顧の筆頭・蜂須賀正勝《まさかつ》の娘であり、唐入りの際に秀吉の勘気を被って処罰された蜂須賀家政の妹である。栄姫を正室に迎えるとは、この糸姫を離縁するということだ。

如水は、いくらか苦いものを面に浮かべた。

「色々と……な。この際、糸が和子を産んでいないのは幸いであった」

長政に嫁いでから十四年、糸姫は昨年に長女・菊《きく》姫を産んだきりである。そのことを言うと、利安の面持ちが苦渋に満ちた。

「子を産めぬ女は離縁されるのが世の習いとは言え……殿下のお勧めでお迎えしたお方、蜂須賀家の姫君にござりますぞ」

「家政殿の妹であるというのが、足枷《あしかせ》となる」

唐入りに際して処罰された者は、秀吉の死後、家康の差配で罪を免ぜられている。とは言え、家政への処罰が三成の思惑によるものだったのは明らかなのだ。蜂須賀の姫を正室に据え続ければ、長政がこの先どんな難癖を付けられるか分かったものではない。

察したのだろう、利安は息を呑んだ。しかし寸時の後に、悔しげに発した。

「治部殿に屈することとなりますぞ。大殿は、亡き太閤殿下の軍師と認められたお方ではありませぬか。それがしは無念にござる」

「殿下はご遠行されたのだ」

俯く利安に半開きの目を向け、如水は溜息に交ぜて続けた。

「されど三成め、今度は『殿下のお取り成しで娶《めあ》わせた者を離縁するとは何ごとか』とでも言うのであろうな」

「ああ言えばこう言うとお分かりになっていて、何ゆえに」

「どちらに転んでも難癖を付けられるなら、家康殿の力を使える方が良い」

じっと見据える。利安の目に驚愕が湧き上がった。

「治部殿と張り合うため、徳川様に豊臣の天下を委《ゆだ》ねると仰せですか。戦になりますぞ」

眉根を寄せ、ゆっくりと二度頷いた。然り、新たな天下人——秀頼は未だ稚児《ちご》ゆえ、全ては生母・淀の方の意向次第である。淀の方は三成と繫がり深く、そこに家康という異物が入れば争いは必至であった。

「家康殿はな……あの御仁は豊臣の天下を奪う肚《はら》と見た。此度の縁談、豊臣家中で三成を快く思わぬ者を取り込むためであろうよ」

「それを受けるということは、豊臣との、太閤殿下との繫がりを断ち切ると？」

如水は、きっぱりと頭を振った。

「三成めがのさばっておる以上、豊臣を立て直すことなどできぬ。あやつを憎む者たちが、やがて火の手を上げるのは必定ぞ」

「ゆえに、徳川の天下に助力して黒田の生き残りを図ると……。されど！」

如水は「待て」と右の掌を向けた。

「いささか違う。まず考えよ。家康殿が天下を取ったとしても、豊臣恩顧の者共を従えるのにどれだけの時を要するか分かったものではあるまい」

「左様、世はまだまだ乱れます。これまで大殿が、世の平穏のために駆け回ったのも水の泡ではござりませぬか」

如水はまた右手を伸ばし、利安を指差した。

「最も憂うべきは、そこではない。おまえもその目に焼き付けたであろう。明国の力を」

唐入りで目の当たりにした明軍の実力、即ち多くの大砲を容易く揃えられる財力と、広大な領地から徴した兵の数を思い出せと示す。

「明も戦慣れしてきた。古くは日本の師であった国、二度の唐入りで眠りから醒《さ》める日も近い。その時に日本が千々に乱れていれば、あの数と大筒が海を渡るのではないか」

利安の顔が青くなった。

「さすれば……最初の的にされるのは、この九州ですぞ。いやさ、そうなる目があるとお考えなれば、やはり徳川様にお味方するのは危のうござりましょう」

何とも情けない面持ちで、考え直してくれとばかりに捲《まく》し立てる。利安がこれほど慌てたのは初めてだろう。しかし如水は、にんまりと笑みで応じた。

「三成と家康殿、どちらが天下を差配してもそうなる。ゆえに、わしは別のことを考えた」

齢五十三、長政に家督を譲ってなお戦場に臨んできた理由は、往年の秀吉と同じである。ひとえに天下の安寧を勝ち取るためなのだ。豊臣の天下に見切りを付けたとて、そこは曲げたくない。

手招きをする。訝しむ面持ちで近付いた耳元に囁いてやると、利安は呆け顔を見せた。

「……その、ような。……え？　あの。左様なことを！」

如水は、くすくすと笑った。

「どうだ。わしは家康殿に味方するのでも、豊臣との繋がりを断ち切るのでもない。むしろ、殿下と共に追い求めた夢を受け継ぐのだ」

座ったまま腰を抜かした利安を見て、如水は高らかに笑った。

＊

翌年に予定されていた唐入りは、家康の主導で正式に中止と決まった。そして年が明け、慶長四年（一五九九年）となった。

婚儀によって家康と交誼《こうぎ》を結んだのは、黒田家に止まらない。奥州《おうしゅう》の伊達政宗《だてまさむね》、伊予《いよ》の福島正則《ふくしままさのり》、阿波《あわ》の蜂須賀家政、肥後《ひご》の加藤清正らも、それぞれの世子や養子、姫を家康の親族・縁者と娶わせていた。生前の秀吉が禁じていた、大名同士の勝手な縁組である。こうした形で家康が勢力を強めることに対し、五大老のひとり、前田利家《まえだとしいえ》が厳しく糾弾するに至った。

家康と利家、二人の大老が争えば大乱となる。だが、それは未然に防がれた。そもそも家康と婚儀を以て通じた面々は「三成憎し」で徳川家を旗頭と頼んだに過ぎない。利家とて豊臣の世を憂えていただけである。両者が争えば三成に漁夫の利を取らせるのみ、そこに思い至って和解に漕ぎ付けた。

もっとも、その平穏も長くは続かなかった。両者の和解からわずか二ヵ月、慶長四年閏《うるう》三月三日、前田利家が逝去したことによる。

閏三月四日の黎明、如水は大坂の屋敷にあった。

「申し上げます」

寝所の外、障子を閉め切った向こうに利安の声が聞こえた。何やら切迫した風だ。

身を起こしたのを気配で察したか、早口に告げてきた。

「昨晩、石田治部殿のお屋敷が襲われた由にござります。襲ったのは加藤清正様、福島正則様以下の七将にて……我が殿、長政様もこれに加わっておいでです」

まさに寝耳に水である。利家という一方の歯止めがなくなった晩のうちに、これほどの重大事が起きるとは。

「善助、入れ」

声をかけると、利安は静かに、しかし手早く障子を開けて中に入り、障子を閉め直して腰を下ろした。ようやく空の群青《ぐんじょう》が拭われ始めた頃とあって寝所の内は暗い。どうにか相手の目鼻が見えるぐらいの中、如水は小声で発した。

「長政は、良うやった」

利安は呆気に取られたように「は?」と応じ、ひと呼吸の後に語気の強い囁きを返した。

「良うやった、ではござりませぬ。治部殿は多くの大名に憎まれているとは言え、太閤殿下がご健在の頃より、何ひとつお触れに反することをしておりませぬ。それを無体に襲ったとなれば、殿がお咎めを受けるのは必定でしょう」

如水は平然と返した。

「七将は家康に近しい。この一件は握り潰され、軽い咎めだけで終わるだろう。されど、その上で……太閤殿下を散々に苦しめたしたたか者が、これを自らの益に転じぬはずがない」

利安は少し沈思した後に発した。

「襲われるには、襲われるだけの訳があるということですか」

「そうだ。両成敗の名目で三成を政から遠ざけるだろう。これまで讒言を繰り返した付けを払う時だ」

外は、じわりと白みかけている。暗い中でも利安が首を傾げたのが見て取れた。

「大殿は、徳川様と治部殿が争うと見ておられたのでは？」

如水は、にやりと頰を歪めた。

「家康がしたたかなら三成は狡賢《ずるがしこ》い。政から弾き出されたら、表向きはおとなしく従い、陰で味方を集めることを考える」

敵が多い一方、三成には味方も多い。三成と同じ内治に携わる者と、秀吉が力を持ってから傘下に入った新参の者であった。特に新参がすんなりと豊臣家中に入ることができたのは、三成の手腕に依るところが大きく、恩義に感じている者も多いのだ。

こうした切り盛りは、さすがと言わざるを得ない。

利安は得心したように「なるほど」と嘆息した。

「ここから、始まるのですな」

「忙しくなるぞ」

如水は利安に命じ、近々に家康と面会できるよう手配させた。長政の罪を軽い咎めだけで済ませてくれるだろうからには、まずは親として礼を申し述べねばならなかった。

*

石田屋敷襲撃に於いて、家康は三成にも一方の責を問い、所領の近江佐和山《おうみさわやま》に謹慎を命じた。一方で自らは大坂城西之丸に居座り、豊臣の天下を事実上奪い取った。

残るは仕上げのみである。年が変わった慶長五年（一六〇〇年）三月、大老・上杉《うえすぎ》景勝《かげかつ》に謀叛の嫌疑が持ち上がった。報じたのは、家康の息がかかった者であった。六月、家康は会津《あいづ》征伐軍を進発させた。家康の義理の娘婿に当たる長政も従軍している。

家康が動くのを待っていたとばかり、三成も七月十一日に兵を挙げて大坂に入り、大坂表に滞在する豊臣諸将の妻子を人質に取らんとした。如水は先んじてこれを察し、自身や長政の妻子を大坂から逃すべく手配して、ことなきを得た。

その直後、中津城にある如水の元に一通の書状が届いた。三成が主導して発せられた「内府ちがいの条々」なるものである。家康の悪行を十三ヵ条にわたって書き連ね、豊臣恩顧の者を結集せんとするものであった。

栗山利安、井上之房、母里友信の三人を前に、如水はこの書状を示して鼻で笑った。

「斯様《かよう》なものが届いた」

之房や友信は憤然として「何と身勝手なことか、応じる必要はない」と口々に罵った。だが利安だけはにんまりと笑って言った。

「大殿のお見立てどおりになりましたな。まさしく好機にござります」

如水は満足して頷き、之房に命じた。

「九郎右衛門、すぐに返書せよ。治部殿にお味方仕《つかまつ》る、ついては恩賞として九州に七ヵ国をくだされたし……とな」

「大殿！」

声を荒らげた之房に、呵々と哄笑《こうしょう》して返した。

「怒るな。これは策だ」

そして、目をぎらりと光らせる。之房と友信が息を呑んだ。

如水は滔々と語る。この争いは見越していた。ゆえに栄姫を長政の正室に取った。戦に勝つのがどちらだろうと、天下の乱れは未だ続く。そして国の乱れが他国の利となり、海の向こうから脅威が迫るやも知れぬのだと。

「わしは三成にも家康にも味方せぬ。若き日の太閤殿下と追い求めた夢、笑って暮らせる明日を手に入れるため動くのみ」

之房の顔が、ぱっと明るくなった。

「然らば治部への返書は、大坂へ向かう治部方の軍兵を遣り過ごして、空き家にするため……」

「時も稼げるしな。三成とて、わしや長政に何をしたかは分かっておる。七ヵ国などと法外な恩賞を求めるのは、それを水に流す代償と思わせるためぞ」

「大殿はこの戦に割って入り、天下を取るおつもりなのですな」

「馬鹿を言え。左様なこと、あちこちに綻びが出て終わりになるわい。勝てぬ戦はせぬ」

苦笑と共に返し、居住まいを正して胸を張った。

「家康と三成の戦いは大軍同士のぶつかり合いゆえ、一朝一夕に決しはすまい。然《さ》りとて双方とも、年を越すほどの長陣にはしたくなかろう。わしは、精々が半年の間に攻め取り、治めきれる地……九州全土を平らげ、日本とは別の国を建てる」

之房と友信の目が皿の如く見開かれた。利安の顔は喜色に輝いている。ざっと三人に目を遣って言葉を継いだ。

「九州一円が安寧に治まり、乱れることなしと知れば、明国とて野心は抱かぬ。むしろ二度の唐入りで知った、戦乱を生きた兵の強さをこそ恐れる。そこで」

南向きの広間の中、如水は右手を伸ばして西方を指差した。

「その明国と盟約を結ぶ。向こうは我らが国に、日本に対する盾としての値打ちも見出すであろう。盟約が成った暁《あかつき》には、我らはひとまず全ての財を叩《はた》き、彼の国が持つ大筒をたんと買い付ける。周防《すおう》、長門《ながと》、安芸《あき》、それに伊予、土佐《とさ》との境となる海沿いに配するのだ」

友信が「うむ」と唸った。

「決戦に勝った側が海を渡ろうとしても、九州の土は踏ませぬと」

如水は大きく頷いた。

「大戦の後なれば磨り減っておるは必定、向こうは力を蓄え直さねばならぬ。こちらはその間に明国と交易をして国と民を富ませるべし。彼の国に近く、山に囲まれて守りやすい太宰府《だざいふ》が、我らの都に相応《ふさわ》しかろう。上に立つ者が質素倹約を旨として百姓の年貢を低く抑え、併せて仏教、神道、切支丹、全ての教えを認めれば自ずと人も増える。かつて太閤殿下と共に目指した、笑って暮らせる明日……家康でも治部でもない、殿下の夢はこの黒田如水が受け継ぐのだ」

秀吉の死を悼む中、胸に結実したものを語った。ひとつひとつの言葉を聞くごとに、之房や友信の顔も利安と同じく紅潮していった。

だが少しの後、之房が眉をひそめて問うた。

「徳川様が勝った場合、長政様はどうなりましょう」

家康に従う長政の首が危ういのでは、と言う。如水とて懸念しなかったではない。だが、ゆったりと首を横に振って見せた。

「家康は三成よりも、ずっと明の力を正しく知っておる」

戦に勝っても、しばらくの間は心許ない天下の地盤である。長政を害して遺恨を生み、如水と明の連合を敵に回すような選択をするだろうか。徳川家康――脂が乗り切った頃の秀吉を散々に手こずらせた男だからこそ、当面それはないと言いきれた。

「日本が地力を付け直す頃には我らも磐石《ばんじゃく》ぞ。さすれば両国は戦でことを決せず、話し合い、手を取り合ってゆく道が生まれる。その頃までは長政も生きていよう」

如水は三人の重臣を見回し、「頼むぞ」のひと言に熱を込めた。

以後、如水は中津城の金蔵を開き、豊前の百姓から次男や三男を雇い入れた。中津城番の兵に命じてそれらに訓練を施し、見どころのある者は士分に取り立てる。一ヵ月もすると、速成ながら九千に及ぶ軍兵を整えることができた。九州各城が大坂に兵を向かわせた今、守りに残された数は大したことがない。大半が百姓兵とは言え、九千は圧倒的な数であった。

これを背景に、如水は之房と友信を使って噂を飛ばした。

「亡き太閤殿下を天下人に押し上げた男、黒田如水が兵を挙げた」

「天下の騒乱に於いて、九州は黒田如水が鎮守する」

会津征伐から兵を返した家康、大坂を進発して美濃《みの》へと向かう三成、決戦に臨むどちらに与《くみ》していると明言はしない。大方の者は現当主・長政の動向を以て家康方と判じるだろうが、それで構わなかった。家康方は進んで味方に参じようし、三成方は恐れて従うだろう。

一方では独立後の盟約と協力を求めるべく、利安に命じて明に渡りを付けさせた。先の唐入り以前から、九州には明や朝鮮の者が交易のために多く渡って来ている。これらを通じて海の向こうに書簡を飛ばすのは、然して難しいことではなかった。

＊

家康は九月一日に西上の途に就いたと聞く。三成も美濃大垣《おおがき》城に入った。こちらの支度は万端整っており、もはや両軍の戦を待つ必要がない。如水は九月九日、まず隣国・豊後《ぶんご》を平らげるべく出陣した。

豊後のほとんどは豊臣の蔵入地《くらいりち》である。そこから領を賜《たまわ》った小領主の多くは三成方であるが、個々の兵は少ない。如水率いる九千が最初に向かったのは、中津の東三十余里、国東《くにさき》半島北西の付け根に当たる高田《たかだ》城であった。

翌十日、目的の城に到着すると、如水はまず使者を遣った。降伏して助力するよう勧告するためである。城主・竹中重利《たけなかしげとし》は黒田軍九千の数に恐れを為し、戦に及ぶことなく味方に付いた。

このまま半島各地の城を従えるべし。意気上がる陣中に急報があった。中津を発ったのと同じ昨九日のこと、一団の兵が海を渡って別府《べっぷ》に入り、北上して国東半島南端の杵築《きつき》城を攻めているという。杵築は細川忠興《ほそかわただおき》の飛び領で、この地には珍しい家康方であった。

野営の陣幕の内、如水の前に之房が進んだ。

「物見の報せによれば、攻め込んだのは大友義統《おおともよしむね》とか」

「あの男か」

如水は目を丸くした。大友義統はかつて豊後一国の大名だったが、七年前に行なわれた最初の唐入りに際して秀吉の勘気に触れ、改易されていた。その後は各地の大名に身柄を預けられ、所在を転々とさせている。当然ながら独自に兵を挙げることなどできない。昨今では毛利輝元《てるもと》の預かりとなっており、その軍兵を借りたことは想像に難くなかった。

「毛利は三成めに担ぎ上げられ、形の上の総大将に収まっておる」

如水が唸ると、之房が目元を引き締めて応じた。

「治部が何を考えておるのかは明白にござる。先に大殿が『味方する』と返答したにも拘らず、信用しておらなんだということでしょう」

「だろうな。そうでなくては、つまらぬわい」

大友義統が寄越されたのは、こちらの向背が定かでないと判じ、動きを封じたかったからだ。さすがの慧眼《けいがん》である。気に入らぬ男だが、佐和山十九万石しか持たぬ身が日本の半分を従えて戦に及ばんとする実力は認めねばならない。

之房は「小癪《こしゃく》な」と顔を朱に染めた。

「それがしに杵築への援軍をお命じくだされ。必ずや城を救い、大殿のお味方を増やしてご覧に入れましょうぞ」

如水は「良くぞ申した」と喜び、三千の兵を任せて援軍に出した。

之房を杵築城に向かわせる一方、如水の本隊は国東半島の海沿いにある城をぐるりと回って進んだ。城を攻略するのは後でも良いが、大友軍との戦いで背後を脅かされては堪らない。牽制の兵を置く必要はあった。

その間、之房は言葉どおりに杵築を救援して城将・松井《まつい》康之《やすゆき》らを味方に付け、大友軍の本陣となる別府に先発した。国東半島に睨みを利かせ終えると、如水もこの後を追った。

九月十三日の朝、行軍中の如水の板輿に伝令が馳せ付けた。

「申し上げます。我らが先手と杵築勢、石垣原《いしがきばる》にて敵と戦に及んだ由にございます」

石垣原は大友軍本陣の立石《たていし》城から北西に間近の地である。この戦を制すれば、大友方は立ち行かぬようになるだろう。如水は頷いて問うた。

「兵はどのように進んでおる」

「母里様と杵築衆の千が先鋒となり、実相寺《じっそうじ》山《やま》と角殿山《かくどのやま》の間を進んでおります」

海沿いの平地でなく、西方にある二つの山の間道を進んでいるという。相手に数がある時に、その数を殺すための行路であった。

「なるほどな」

如水はほくそ笑んだ。黒田軍が圧倒的な数を擁《よう》しているとは言え、杵築にあるのはその半分に満たない。大将を務める之房はこれを利し、友信率いる先手の数を絞ることで大友軍に誘いをかけたと見える。

「敵の先手は、どれほどか」

「大友軍の大半、二千ほどと見受けられます」

伝令の返答を聞いて確信した。敵も石垣原を抜かれたら終わりだと分かっていて、決戦のつもりで布陣している。

「然らば先手の太兵衛、大将の九郎右衛門に伝えよ。太兵衛は偽って退き、実相寺と角殿の間道に敵を引き込むべし。九郎右衛門はひとまず角殿山の裏手に兵を潜ませ、敵軍が間道に入ったところを後ろから叩くように。一気に決めるつもりで臨めと」

「はっ」

伝令は馬を飛ばして走り去った。それを見届け、輿の傍らに馬を進める利安を向く。

「善助、ご苦労だが千を率いて太兵衛の後詰に向かってくれ」

「承知仕りました」

数多の戦場を知る三人が実に頼もしい。万にひとつも負けることなどあるまいと、如水は秋の日差しを楽しみながら別府湾沿いを進んだ。

戦端が開かれて一刻ほど、伝令が入れ代わり立ち代わり馬を馳せて来る。話を聞くだけで、戦場の様子が手に取るように分かった。

「さすがは母里様です。とても百姓の寄せ集めとは思えぬ勢いにて、二倍の敵を相手に一歩たりとて退かぬという奮戦にござります」

それで良い。まずは猛然と戦い、じわりと敗色を滲《にじ》ませて退くのが最善である。黒田軍随一の猛将・母里友信を敗走させたとなれば、敵は気が大きくなり、後がないことを忘れて間道に殺到するだろう。それでこそ二陣の之房が生きる。

「敵の備えは、どのようなものか」

「はっ。母里様ほどの猛者を迎え撃つというのに、何の工夫もない横陣にござりました。弓や鉄砲すら射掛けて参りませぬ」

「何?」

如水は一抹の危うさを覚え、眉根を寄せた。

黒田軍の大半は百姓兵だが、元々が中津城番だった兵や、先に味方となった杵築の兵がそれらを督するために付き、弓矢と鉄砲で援護しているはずだ。

(おかしい)

こちらが飛び道具を使っているのに、なぜ大友軍は同じようにせぬのだろうか。如水は板輿の上で腕を組み、俯いて沈思していたが、不意に顔を上げた。

「いかん。九郎右衛門に伝令致せ。山の――」

言いかけたところで、次の伝令が駆け付けて大声を上げた。

「注進、注進！　母里様の手勢千、敵を蹴散らして追い討ちに掛かり申した」

聞いて、頭から血の気が引いた。如水は二人の伝令を招き、それぞれに命じた。

「おまえは九郎右衛門に伝えよ。山の裏手に潜むのをやめ、早々に太兵衛に助力すべしと。おまえは後詰の善助に、すぐに前に出るよう伝えよ。急げ」

　矢継ぎ早の指示で、事態があらぬ方に向かっていることを察したのであろう。二人は身をぶるりと震わせて「承知」と発し、馬に鞭を入れて駆け去った。

　如水は額に手を当てて俯いた。間に合ってくれ。最悪、この一戦は落としても良い。

「太兵衛。死ぬなよ」

　思わず漏らした呟きを聞き、輿の右手を進む馬廻衆のひとりが問うた。

「母里様が負けると仰せですか」

「……太兵衛が、ではない」

　額から手を離して呟き、如水は自らの見立てを語った。

　敵の大将は大友義統だが、大友軍であって大友軍ではない。その実は百戦練磨の毛利の兵なのだ。いかに友信が音に聞こえた猛者だとて、速成した百姓兵が半分の数で蹴散らせるほど生易しい相手ではない。

「目の前の敵が蹴散らされたと見れば、百姓兵は喜び勇んで追い討ちに掛かろう。大友勢が鉄砲を使わぬ理由は、そこにこそある」

　気を揉む中、次の伝令が馳せ付けた。泡を食っているのが、ありありと分かる顔であった。

「も、申し上げます。敵、伏兵にて、母里様の千、両側から鉄砲と弓で、く、崩されました」

やはりこうなったか。戦場の呼吸や敵の戦意、そうしたものを敏に察せられるほど、百姓兵は研《と》ぎ澄《す》まされていない。

「九郎右衛門はどうした」

「い、井上様？　井上様は、その、母里様をお助けすべく兵を動かしております」

「分かった。しばし休み、気を落ち着けよ」

伝令を退ける。之房の力で、何とか持ち堪えて欲しい。

その次、また次と伝令が戻る。話を聞けば、敵の鉄砲は三百挺を超えるということだった。これほどの数は、毛利輝元や三成が持たせたのに相違なかった。

先鋒が総崩れになったと報じられてから半時ほどだろうか。待ち望んだ友信が、中津城番の兵に守られて如水の前に戻って来た。

「大殿……も、申し訳次第もございませぬ」

悔しげな声を絞り出し、玉の汗を浮かべた額を地に打ち付けんばかりに頭を下げる。如水は大きく溜息をついた。

「いやさ、やはり百姓兵には多くを望めぬということよ。おまえが止めても聞く耳を持たなかったのだろう。島津《しまづ》の釣り野伏《のぶせ》か……まさか大友がそれをやるとはな。わしも侮っておったということぞ」

友信は目に涙を浮かべながら顔を上げた。

「どうなされます。このままでは」

「うろたえるでない。わしを誰だと思うておる。初陣より今まで戦に臨んで負けたことなし、太閤・豊臣秀吉の軍師、黒田如水ぞ。既に九郎右衛門が出ておるし、善助の後詰も動かした」

柔らかく笑みを作って応じると、友信は恥じたように俯いた。

「それがしひとりが、何をすることもできず……」

如水は、呵々と笑った。

「おまえには元々、負けた振りをして逃げる役回りを命じたのだ。手順は変わっておらぬ」

「されど敵に、本物の勢いを付けてしまい申した」

之房や利安も苦戦するのではないかと言う。如水は大きく頷いて友信を指差した。

「だからこそ、おまえが生きて帰ったのが嬉しい。太兵衛よ、五百を連れて海沿いを進み、敵の後ろを叩け。苦労しておる二人を助けて来い」

「……有り難き幸せ。このご寛容、かつての太閤殿下を見ているかのようです」

友信は右の掌で感涙《かんるい》を拭い、頭を下げて走り去った。

（太閤殿下か）

如水は彼岸の人を思った。何かをしくじって罰を受けても、同時に「また励め」と言ってくれる人であった。願わくはそういう人であり続けて欲しかった。本来の慕わしい人となりを殺してしまったのは、やはり天下人という地位ゆえなのか。

友信の背を見送りながら、小さく頭を振る。秀吉の夢を受け継ぐ以上、己が秀吉にならなければいけない。あの人が失ってしまったものも受け継ぐのだと。

そのまま一刻ほど進むと、遠くに実相寺山が見えるようになった。その向こう、西にある角殿山との間道からだろう、鬨の声が渡って来る。

「申し上げます」

馬を馳せ付けた伝令が転げ落ちるように下馬し、輿の脇に片膝を突いた。

「井上様、敵将・吉弘統幸《よしひろむねゆき》を討ち取った由にございます」

「……良し」

周囲から歓声が上がった。吉弘統幸は大友軍の要となる将である。これを討ったことで、黒田軍は息を吹き返すだろう。

実相寺山まで二里の辺りで行軍を止め、戦場を眺める。之房と利安が奮戦する間道を目掛け、やがて友信の率いる一群が山の左手、敵後方から襲い掛かるのが見えた。

黒田勢は吉弘統幸や宗像鎮統《むなかたしげむね》ら、大友軍の主立った武将を討ち取って敵を壊乱させ、夕刻には大勝を収めた。

十五日、実相寺の陣に到着した如水が首実検を行なう中、剃髪して法体《ほったい》となった大友義統が降伏してきた。敗戦を知って自刃しようとしたものの、家臣に諫められ、思い止まってのことであった。

＊

大友軍を討ち破ると、黒田軍は国東半島へと取って返した。後回しにしていた攻城を行なうためである。九月十九日、如水は半島の北東、富来《とみく》城を望む陣にあった。

「大殿」

之房が陣幕に入る。面持ちの硬さを怪訝《けげん》に思い、如水は問うた。

「如何した」

「これを。三成方に参じた富来城主・垣見一直から城へ宛てての密書にございます」

手渡された書状を拡げる。読み進めるほどに、如水の目は驚愕に見開かれた。

「たったの……一日だと」

徳川家康率いる七万三千、石田三成率いる八万余は、去る九月十五日に美濃関《せき》ヶ原《はら》で激突した。そして、その日のうちに三成方は壊滅、敗北したという報せであった。

放心の体で「嗚呼《ああ》」と長く嘆息する。

数限りない戦場を知る家康と、ただ一度の武功すら挙げたことのない三成である。戦の帰趨は明らかだったのかも知れぬが、ただの一日で全てが決するとは。

之房が無念を噛み殺した声で発した。

「飛脚船に乗っていた垣見の家臣を捕らえ、尋問してござります。それによれば、小早川秀秋殿の寝返りで戦が決したと。しかも、どうやら他ならぬ殿……長政様の調略によるものだとか」

「長政が」

如水は言葉を失った。九州に、日本とは別の新たな国を建てる。その際に懸念されるのは、家康方に参じている長政のことであった。その長政自身がこの父の思惑を潰していたとは、何という皮肉であろうか。

「かくなる上は、我らの戦も」

之房の顔が歪む。しかし如水は、きっぱりと首を振った。

「まだ終わっておらぬ。この際、長政が家康の縁者であること、関ヶ原で大功を挙げたことが、我らの利となろう。九郎右衛門、急ぎ家康に書状を。九州に於いて黒田如水は三成方を平らげて回っている、関ヶ原から逃げ戻る者も討ち果たすゆえ領地は切り取り次第に願うと」

戦には必ず戦後の差配がある。それが終わるまでに九州を平らげてしまえば、我らの夢は続くのだ。そう言って之房を奮い立たせた。

如水はその後も戦を続け、太田《おおた》一吉《かずよし》の臼杵《うすき》城、熊谷直盛の安岐《あき》城、毛利高政《たかまさ》の角牟礼《つのむれ》城などを落としていった。十月十四日、小早川秀包《ひでかね》の久留米《くるめ》城攻めに向かうと、鍋島直茂・勝茂《かつしげ》父子が兵を率いてこの城攻めに参じた。

その後、家康方ながら関ヶ原に参じられなかった加藤清正も味方に加わり、また三成方の立花宗茂《たちばなむねしげ》も、関ヶ原から戻ると黒田軍に降伏した。如水はこれらを結集した四万を従え、島津を討伐すべく薩摩《さつま》に向かった。

だが――。

十一月十四日のこと、家康から書状が届いた。日付は二日前のもので、急ぎ届けられたことが分かった。島津義久《よしひさ》とは和議を結んだゆえ、薩摩攻めを取りやめよという命令である。

成り行きの上で徳川に味方した形を取っているが、九州平定も島津を残すのみとなった今、これを攻め取って独立を宣言する道はあった。とは言え、利安から明国に発した盟約の申し入れには未だ返答がない。その状況で家康に叛旗を翻《ひるがえ》すのは、ただ自身の破滅のみならず、家康の軍中にある嫡子・長政の命をも危うくする。この期に及んで黒田家が潰えてしまう道など、取れようはずもなかった。

如水は家康の命令を聞き、軍を解散の上、攻め取った全ての地を放棄して中津へと戻った。

＊

関ヶ原の一戦に大功ありとして、黒田長政には筑前名島《ちくぜんなじま》に国替えの上、五十二万石に加増の沙汰が下された。一方では如水にも上方や東国での加増が沙汰されたが、如水は全て辞退して隠居することを選んだ。

戦いの翌年、筑前に黒田の新しい居城・福岡《ふくおか》城の縄張りが始まった。如水の住まいは三之丸の御鷹屋敷であるが、これが完成するまでの間は太宰府天満宮《てんまんぐう》の中に庵《いおり》を結んでいた。

左脚を引き摺りながら庭を進み、夕刻の陽光を斜めに受ける木の葉を指先で撫でた。この頃は、面持ちや眼差しから力が抜けたと言われることが多い。さもありなんと思われた。

（何ゆえであろう）

九州に国を建てる。日本の天下は望まず、短い間にできるはずのことを目指したのに。戦に於いて負けたことなし、しかし己は最後の最後で負けた。それは、なぜなのだろう。

「大殿」

背後に声がする。振り向けば、栗山利安が苦い面持ちを見せていた。

「書状を。明国からの返書を、通辞に命じて日本の言葉に書き直させたものです。もう遅いものですが、お目にかけぬ訳にも参りませぬゆえ」

如水は手に取って検めた。

書状に曰く。先の日本の外征に於いては、対馬の宗義智を通じて日本の宰相から何度か書状を受け取っていた、と。

「三成が」

呟きながら続きを読む。如水の目は、次第に見開かれていった。

三成は日本国王――この場合は秀吉を指す――の暴走を止められなかったこと、またそれを後押しして武功を焦る者を御せられぬことを陳謝していたという。だが書状の主は、こうも書いていた。三成は「蛮勇《ばんゆう》の士」を窘《たしな》め、統制するに於いて実に辣腕《らつわん》であったと。

「今、如水殿が我が大明帝国と和親を求めるは、必ず宰相の意を汲んだものとお見受けする。然らば九州の地を平らげた後、我らは貴殿を……親明倭王に封じる用意がある」

如水は、長く、長く、溜息をついた。戦が終わって二年ほども過ぎなんとしているのだ。今になってこのような返答を寄越されたとて、何の役にも立ちはしない。

先んじて内容を知っていたのだろう、利安がぼそぼそと口を開いた。

「明から見れば、渡海した将など誰も同じ、蛮勇を振るっているようにしか見えなかったのでしょうな。言われてみれば当然のことです」

如水は力なく頷いた。負けた。そう思った。

秀吉の尻馬に乗り、三成が外征を推し進めているとばかり思っていた。だが違った。秀吉の意向に逆らえなかったのでもない。

自らが諫言を重ねて排除されれば、歯止めを掛ける者がいなくなる。三成はそれを案じたのではないか。だからこそ朝鮮に於いて蔚山・梁山・順天の三城を放棄することを上申した際、秀吉の思惑を汲んでこれを非難し、処罰されるように仕向けたのだろう。

明からの書状が届かねば、そう考えることはできなかった。しかし三成が交渉を重ねていたという証言が、全てを洗い清めてくれた。

「あやつめ。そこまで考えておったか」

もし日本軍が上申のとおりに三城を放棄していたら、きっと態勢を立て直し、万全を期して朝鮮を席巻していたはずだ。だが城を捨てなかったことで守りを固めざるを得なくなり、それ以上の侵攻ができなかった。

「はは……ははは、はははっ」

如水は、腹の底から高らかに笑った。あまりにも、おかしかった。己は、ただ踊っていただけだったのだ。

「のう善助。わしは初陣以来、一度も戦に負けたことがない。されど国を動かすこと、明国のように底力のある国と付き合うに於いては、三成めの足許にも及ばなかったようだ」

利安は目に涙を浮かべ、声を揺らした。

「何を仰せです。治部は負けて首を刎《は》ねられたのですぞ。戦乱の世は、生き残った者の勝ちではござりませぬか。全ては大殿が最善の道を探り続けられたからです」

如水の顔に、ふうわりとした笑みが生まれた。

「いいや。わしは、そこでも負けた。九州を平らげ、新たな国を作る……途方もない夢にうなされていたわしを救い、黒田を生き残らせたのは長政の働きぞ。あやつを褒めてやれ」

利安が小袖で目元を拭う。その頭は、白いものの方が多くなり始めていた。

(年老いる……か)

秀吉の顔が記憶に蘇った。瑞々《みずみず》しい生気に溢れた頃の秀吉に心服し、付き従うことを決めた。その人が変わってしまったのは、天下人の地位に飲まれたのだと残念に思っていたものだ。

そうでは、なかった。秀吉はただ、年老いただけだったのだ。

己も同じだ。秀吉の夢を受け継ぐと大言し、自らの国という幻を見たではないか。一歩間違えば嫡子・長政を苦境に立たせ、黒田の血を絶やすことになりかねない道を選んでしまったのだ。秀吉と何が違おう。

人は常に何かに立ち向かい、克服して次の高みを目指さねばならぬと、如水は思う。それでも唯一、乗り越えられないものがあると知った。

「善助。おまえも歳を取ったな」

声をかけると、利安は涙顔にどこか嬉しそうな笑みを浮かべた。

「左様、大殿と共に歳を重ねております」

人は、老いにだけは抗《あらが》えない。だからこそ思う。老いて乱れた姿こそ、秀吉が人である証《あかし》だったのだ。かつて寂寥《せきりよう》を覚えた最晩年の主君が、今はことさらに慕わしく思えた。

ふと懐かしい気配を感じる。もしや秀吉の霊が来ているのかと、如水は右手を見遣った。そこには常と同じ狭い庭があるばかりだった。太宰府——かつて新しい国の都と定めた地に、そうした栄華はない。ただ自らの老いだけを、草庵は見守ってくれていた。

義理義理右京

秋七月も半ばにならんとする武蔵《むさし》国、野に渡る夜風が冷たい。義宣《よしのぶ》は陣屋の櫓《やぐら》にひとり登り、自らの軍兵によって築いた堤と、北西一里半（一里は約六百五十メートル）の先にある忍《おし》城を見遣った。月明かりに城の構えがぼんやりと浮かんでいる。その周囲を巡る堀にも時折ちらちらと跳ね返る光があった。

忍城を水攻めにすると聞いたのは一ヵ月ほど前のことだ。それからずっと、城を囲う堤を築くべく兵を督している。うんざりとした気持ちで溜息をつき、首を回した。堤は城の北東三里の辺りからこの丸墓山《まるはかやま》本陣を通り、南方をぐるりと回って荒《あら》川沿いに延びている。既に城の西方三里まで築いた。しかしこの軍の大将・石田三成は、いつまでも堤を延ばせと命じるばかりで一向に水を引き入れようとしない。堤の上で半里置きに篝火《かがりび》が掲げられた様子は壮観ですらあったが、どうにも馬鹿馬鹿しいことをしていると思えてならなかった。

「築きも築いたり、実に四十里か。だが……」

義宣は思った。この城を水攻めになど、果たしてできるのかと。

忍城は利根《とね》川と荒川に南北を挟まれ、それぞれの細かい支流が縦横に走る湿地の只中にある。縄張りした頃から幾度となく川が溢れていたのは明らかで、それが証拠に本丸を始めとする郭は周囲の平地より高く造られていた。洪水でも水を被らぬ「浮き城」の異名は伊達ではあるまい。

ふと、背後に人の気配がした。

「だが、何だと申される」

振り向けば、当の三成がそこにいた。のっぺりと能面のような顔、口元に申し訳程度の髭を蓄えた色白である。忍城は水攻めでは落ちぬ。それすら分からぬとは、大将の器にあらず。心中で嘲《あざけ》りつつ義宣は「何でも」と頭を下げた。

三成は甲高く揺れる声で笑った。

「何でもないことはあるまい」

向こうは関白・豊臣秀吉の子飼い、こちらは秀吉に帰順した常陸《ひたち》の一大名である。歳とて三成が三十一、己は十歳も下なのだ。言ってはならぬと思えばこそ口を噤んだのに、なお問うとは。

疎ましい思いを胸に頭を上げ、掬《すく》い上げるように眼差しを送った。篝火に照らされた三成の顔は薄笑いで、まさに能面を下から見た風であった。

その能面が、何ごともなかったかのように発した。

「佐竹《さたけ》殿は、水攻めでは落とせぬと踏んでおるのだな」

分かっていて問うたのか。何と底意地の悪い男だろう。胸に湧き上がった怒りを悟られぬようにと、義宣は俯いて無言を貫いた。だが――。

「まさに慧眼、そのとおりよ」

続けられた三成の言葉は驚くべきものであった。思わず顔を上げる。

「そのような……いえ、その。石田様は左様にお思いで？」

忌々しげな笑みが返された。

「如何にも。分かっていて水攻めの支度を進め、堤を築くよう其許に命じた」

三成は右手をすっと前に出して軽く手招きをした。そして自らは櫓の床板にぺたりと座る。義宣もそれに倣って正面に腰を下ろした。

今まで気付かなかったが、三成は左手に瓢箪《ひょうたん》ひとつ、小さな杯二つを持っていた。杯の片方をこちらに寄越し、瓢箪の栓を抜いて酒を注ぐ。

義宣は頷くように頭を下げてこれを受けた。然る後に杯を床に置き、こちらも酌をする。双方の杯が白い濁りで満たされると、三成はちびりと舐《な》めて「ふふ」と笑った。

「其許、これで城が落ちぬと分かっていながら、なぜ堤を築き続けた」

「はあ……。左様にお下知を頂戴しましたからには、勤め上げるのがそれがしの役目にて」

「諫言を吐こうとは思わなんだのか」

問われて苛々が募った。この人は何が言いたいのだろう。

三成と佐竹家の付き合いは数年前からである。米沢《よねざわ》の伊達政宗が会津を窺い、これを北方の脅威と認めた佐竹の先代、父・義重《よししげ》は豊臣秀吉と誼《よしみ》を結んだ。両者の取次ぎ役が三成であった。

義宣は父の隠居によって家督を継いだばかりの身である。三成とも、秀吉の小田原《おだわら》攻めに参じて初めて対面した。常陸の鬼と恐れられた父と昵懇《じっこん》だった男とは、どれほどの人物か。期待が大きかっただけに、己に向けられる態度が鼻に付いてならなかった。

だが、それでもこの男に従わねばならぬ。平安の昔から続く佐竹家を守るという、誇らしい使命を課せられた当主なのだ。先祖への義理、敬慕する父への義理を通すためには何でもする覚悟だった。

いつまでも黙っている訳にはいかない。義宣は一気に杯を干して発した。

「佐竹が関白殿下の庇護を頂戴できたのは、一にも二にも石田様のお取次ぎゆえ。父からそう聞かされております。恩義あらばこそ、お下知に異を唱えるなど思いも寄らぬことにて」

三成は目に喜色を見せ、然る後に裏返った声で笑った。

「其許は、まこと義理堅い。良き哉《かな》、良き哉」

虫唾の走る尊大な態度に、心中で唾棄しながら頭を下げる。と、耳に刺さる哄笑が不意に止んだ。続いて大きな溜息が聞こえてくる。

「わしも其許と同じよ。先にも申したとおり、これで城を落とすことはできぬ。が、水攻めは関白殿下たってのご希望ゆえな」

三成は言う。小田原城に籠もって抵抗を続ける北条氏直を締め上げるのに、関東諸城の攻略は是非とも必要だったと。特に忍城は、ただ落とすだけではならぬと命じられたそうだ。

「此度の小田原攻めによって、これまで殿下に従わなんだ者もようやく擦り寄って来た。彼奴らが二度と楯突くことなきよう、力の差を思い知らせたい……殿下はそう仰せられた」

ゆえに、何が何でも水攻めにしろと言って譲らなかったらしい。湿地とは言え遮るものなき平野である。なるほど、ここに湖を作り出して忍城を沈めれば、関白の力、豊臣の富を新参の大名衆に見せ付けることができる。だが——。

三成は心底疲れたように「ふう」と長く息を吐いた。

「実は昨日、北条氏直が小田原城を明け渡した。これ以上抗っても詮なきことと、忍城も明日の朝に開城と決まった。其許に無駄な働きを命じ続けたこと、詫《わ》びとうてな」

わざわざ酒を携えて来た理由が知れた。同時に、三成という人に対する思いが少し変わった。

「石田様は、こうなることをご承知で？」

「いいや。できれば堤を見せ付けることで、もっと早く降参させたかった。が……まあ、それは構わぬ。殿下がどうしても水攻めをと仰せられるなら、わしは、どうしても堤の中に水を引き入れずに終わらせねばならなかった。そうなっただけで十分よ」

三成は、またこちらの杯に酒を注いだ。濁りに満たされてゆく杯と水攻めの堤が重なるように思えて、義宣はぽつりと呟いた。

「もし水を引き入れていたなら……」

言葉は返って来なかった。三成は口の端を引き攣《ひつ》らせるように笑みを浮かべ、ただ首を横に振っている。その姿が、がんと胸に響いた。

水攻めに遭ってなお城が落ちなければ、秀吉の面目はどうなったろう。関白の力を見せ付けるどころか、赤っ恥である。思った途端、目が覚めた。義宣は深々と頭を下げ、愕然《がくぜん》とした面を伏せた。

「申し訳ござりませぬ」

「何が？」

「申し訳次第もござらぬ」

同じ言葉を繰り返して頭を上げる。三成の顔には穏やかな、それでいて自らを嘲るような笑みが浮かんでいた。

「わしはな、佐竹殿。これまで一度も武功というものがない。そもそも力が弱く、槍働きに向かぬ。小競り合いの軍を率いても勝ったためしがない。戦下手か……。忍城も、十倍の兵を率いながら落とせなんだ」

「されど、それは」

こちらが言いよどむのを余所に、三成はぐいと杯を呷《あお》って呟いた。

「市松《いちまつ》（福島正則）や虎之助《とらのすけ》（加藤清正）が、またぞろわしを罵るであろうな。そればかりは口惜しい」

目端が利かぬくせに尊大で、底意地の悪い男と思っていた。いつ如何なる時でもすまし顔の、いけ好かぬ男だと。だが違った。豊臣の天下を保ち、国に安寧をもたらすには――だからこそ自らの戦下手を「使った」のだ。その三成から漏れた繰り言が、この上なく眩しかった。

「大事なことを教わった思いです」

この人に嫌なものを覚えていたとは、思い違いも甚だしい。義宣は自らを恥じ、すっと目元を拭って杯を呷った。

＊

小田原征伐の後、秀吉は関東・奥羽《おうう》の大名に朱印状を与えて所領を定めた。義宣の領国・常陸の周囲も状況が一新された。まず北条の旧領には徳川家康が転封されてきた。また奥羽を席巻していた伊達政宗が、昨年攻め落としたばかりの会津を召し上げられた。かねて秀吉が発していた惣無事令《そうぶじれい》——大名同士の私闘を禁ずる触れに反したという理由である。

諸大名にとって良いことばかりではない話も、佐竹家にとっては有難いことずくめだった。長らく角突き合わせてきた北条が滅び、南方の懸念が消えたのは大きい。近年の北条は徳川との盟約あって佐竹を圧していたのだから、徳川にも良い感情を抱いてはいない。それでも徳川は秀吉に従順で、当面は佐竹の脅威にならぬだろう。伊達が召し上げられた会津には蒲生氏郷《がもううじさと》が入り、北方にも安堵できるようになった。

加えて義宣には常陸一国を任せる旨が沙汰された。三成からの書状によれば、忍城攻めの堤を一手に引き受けたことが認められたのだそうだ。誰が何をしたかは明らかであった。

　義宣はこの沙汰への謝意を示すべく、他の大名に先駆けて伏見《ふしみ》に屋敷を建て、父・義重を住まわせた。大坂にある秀吉の間近に人質を送った格好である。秀吉は大層喜び、小田原征伐から五ヵ月が過ぎた十二月、朝廷に奏上して義宣を従四位下・右京《うきようの》大夫《だいぶ》に補任した。

　これを以て義宣は上洛した。そして宣旨を受けると、その日のうちに大坂へ下る。秀吉に礼を申し述べるためであった。

　大坂城・中の間の襖は金箔で飾られ、実に眩い。案内の小姓が開けると四十畳の一番奥、こちらを見下ろすように高くなった畳の上で秀吉が待っていた。ぎょろりと目が大きい面長に唇の厚さが目立つ顔立ちは、小田原の頃から変わっていない。だがいくらか不機嫌そうなものを湛えていた。向かって左手前には、相変わらずの薄笑いで三成が侍している。

　義宣は胡坐の両脇に拳を突き、肘を張って頭《こうべ》を垂れた。

「お目通りの儀、お聞き入れくださり恐悦至極に存じ奉ります」

　秀吉は「うむ」と唸るように応じた。

「佐竹殿、これへ」

　三成に促されて平伏を解き、前に進む。秀吉から二間（一間は約一・八メートル）

を隔てて腰を下ろし、再び頭を下げた。

「此度は殿下のご恩徳により、朝廷への奏上を賜り――」

「ええがや。面を上げい」

ぶっきらぼうな秀吉の声に遮られ、頭を上げて居住まいを正す。そこへ、すぐに次の言葉が飛んで来た。

「右京よう。わしの言うたこと、きちんとやっとるんかい」

「はて、それがし何かお気に障ることでも……」

秀吉は右手の扇を軽く開き、また閉じて、ぱちりと音をさせた。

「常陸をきちんと治めとるんかと、聞いとるんじゃや。ほれ、あの……三十三館主とか言うたか。あやつらのことよ」

然り、常陸には頭痛の種がある。下総《しもうさ》国近くに領を持つ国人、南方三十三館主と呼ばれる者たちだ。佐竹家はこれらを束ねる盟主の立場である。国の外に脅威がなくなったせいか、昨今ではこの国人衆が義宣の命令に従わない。勝手な振る舞いが目に余った。

「あの者共は、かつて佐竹が北条と敵対していた頃からの付き合いにて」

されど殿下のご下命とあらば征伐してご覧に入れます。そう続けようと思っていた。だが乾いた喉が粘り付いて上手く声が出ない。口中の唾を飲み込もうとしている間に、秀吉の顔には明らかな嫌気が宿った。

するとと三成がからからと笑った。面持ちひとつ変えぬ哄笑よりも、笑う理由が分からぬ方に気味の悪さを覚えた。

「石田様」

何とか掠れ声を捻り出す。三成の笑いがぴたりと止まった。

「其許は相変わらず、何とも義理堅いお方よ」

そして秀吉に向き直る。

「佐竹右京殿ほどの律義者はそうそうおりませぬ。殿下のご恩徳に感じ、誰よりも早く伏見に屋敷を構えたるは忠節の証にござりましょう」

「されど三成よう、それと領国の差配は別物じゃろう」

三成はゆっくりと、大きく首を横に振った。

「さにあらず。殿下は佐竹殿をお叱りあそばされますが、いささか筋が違うのではと思う次第」

「何がじゃ。右京は旧縁の義理に囚われて、わしの言い付けを蔑ろにしとるがや」

「いえいえ、そうではござらぬのです」

三成は口元をにたりと歪め、少し唇の開いた右端から息を漏らすように笑った。

「右京殿がまこと義理堅いのは、そこではござりませぬ。思うに、殿下の発せられた天下惣無事のお触れを重んじておられるのかと」

秀吉は目に驚きを宿し、三成からこちらに向き直った。

「もしや、わしが伊達に厳しい沙汰を下したからか」

自らを置き去りにして進む話に、義宣は目を白黒させた。秀吉はそれを見て呆れ顔になった。

三成が追い討ちの言葉を投げ掛ける。

「そもそも殿下が罰を下されるべきは、三十三館主の方でしょう。右京殿は常陸一国、殿下のお墨付きを頂戴したことを重んじて律義に戦を避けて来たのです。国衆共がその足許を見るなど、殿下の仰せを侮っている証にござります」

秀吉の顔が忙しい。三成の言葉を聞いて、今度は憤怒の朱に染まる。右手の扇子で膝元の畳を何度も打ち据える様は、まるで猿だった。

「三成の申すところ、まこと道理である。右京！　わしの許しを得るまでもにゃあで。おみゃあの下知に従わん国衆など、ただちに討ち滅ぼせ」

「あ。は、はっ」

義宣は思わず平伏した。秀吉は勢い良く立ち、どすどすと畳を踏み鳴らして中の間を去った。

足音が遠ざかり、静寂が訪れる。三成の「ふう」という溜息が聞こえて、義宣は頭を上げた。

「何が何やら。ともあれ、有難う存じます」

三成は常なる薄笑いで応じた。

「右京殿は、まだ若いのう。されど、わしは其許を高く買っておる。この国を戦乱に逆戻りさせぬために……わしの他にそれができるのは其許ぐらいであろう」

「滅相もない。たった今とて殿下に睨まれ、縮み上がっておりましたものを」

「そこが若いと申す。良いか右京殿、これからの其許に必要なのは、腹を据えることぞ」

「腹を、ですか」

「忍城でのこと、其許は我が真意を見通しておられた。つまり持ち前の武勇に加え、世を経《おさ》め民を済《すく》う道、経世済民の才がある。腹を据えて掛からば何ごとか成らざらん」

「そうは仰せられましても、殿下を前にしては」

三成は首から上だけを突き出すようにして問うた。

「其許、将として腹を切る覚悟はおありか」

「戦に敗れ、進退窮まれば無論のこと。懸命に戦った皆への義理というものがあり申す」

「そうであろう。されど失策の責めを負うのは誰にでもできる。わしが言いたいのは、もうひとつ上ぞ。まことに腹を据えた者は、自らの命を対価にして正しきことを成さんとする」

義宣は「あっ」と口を開いた。忍城でのこと、三成の胸の内が思い起こされた。

「分かったようであるな。その覚悟あらば、常陸のことも首尾良く成し遂げられよう」

三成はそれだけ言って、静かに去って行った。

義宣は領国に戻ると、年明けの天正《てんしょう》十九年（一五九一年）二月九日、一族の重鎮・東義久《ひがしよしひさ》に命じて三十三館主を呼び寄せた。花見の宴で絆を深めんという名目である。

三十三館主はひとり残らず常陸太田《おおた》城に参じた。勝手な振る舞いをしても兵を向けられることがなく、花見の宴という言い分も「義宣が弱腰に出て来た」と侮ったためである。

――それが命取りであった。

本丸の庭にある桜の下で供された酒には眠り薬が仕込まれていた。地侍の頭目たちは誰ひとりとして疑いを挟まず、その酒を豪快に呑んだ。半時（約一時間）もせぬうちに全てが眠りに落ちると、義宣は自ら刀を取ってこれらを皆殺しにした。

全ての首を庭に並べ、血濡れの手で杯を取る。

「石田様……。蒙を啓《ひら》いてくださりましたこと、恩に着ますぞ」

そして、唇に受けた返り血と共に酒を呑み下した。

*

義宣と三成の交わりは次第に緊密になっていった。

天正十九年十二月、秀吉は関白を辞して太閤と称した。そして翌文禄《ぶんろく》元年（一五九二年）の四月、明帝国征伐のため大陸に出兵した。佐竹家は兵五千の軍役を課されたものの、後に三千に減らされている。この「唐入り」は激戦の末に得るものなく撤兵となったのだが、義宣自身が渡海することはなかった。三成の計らいであった。

慶長二年（一五九七年）には佐竹の寄騎《よりき》大名、かつ義宣の従兄弟に当たる宇都宮国《うつのみやくに》綱《つな》が改易された。家督争いに端を発する内紛が第一の理由である。宇都宮の上役であり縁者である義宣にも何らかの責めが噂されたが、この時も三成の取り成しで事なきを得た。

そして慶長三年八月十八日、豊臣秀吉がこの世を去った。大陸に再度出兵している最中のことである。海を渡った諸将は、五大老筆頭・徳川家康の下命に従い兵を退いた。義宣も朝鮮への出兵拠点・肥前名護屋城に詰めていたが、今回も海を渡ることはなかった。

　名護屋から兵を返した義宣は、大坂城に上がって三成を訪ねた。久しぶりで目にした能面のような顔は、幾分やつれたように映った。

「殿下がご遠行されてそろそろ二ヵ月になりますな。石田様もご多忙にて、お疲れのことでしょう。それがしにできることあらばお助けいたす所存」

　三成は珍しく、嬉しそうに笑みを浮かべた。

「お気遣い痛み入る。それにしても右京殿は変わられた。どっしりと落ち着きを増し、初めて会うた頃とは別人のようじゃ」

「当年取って二十九、家督を継いだばかりの若造ではなくなり申した。全ては石田様のお導きがあったればこそ」

「頼もしい限りである。されば、ひとつお願いしようか」

　三成は眉をひそめて小声で発した。

「朝鮮に出た者が騒いでおる」

　大陸に遠征した諸将は多大な財を費やし、血を流して戦った。だが三成ら奉行衆はこれら「武功の者」に恩賞の沙汰を下さなかった。そのことへの不平不満が渦巻いている。

　義宣は当惑しつつ返した。

「はあ……。されど二度の唐入りでは何ら得るところなく、これを以て武功と言うことはできぬと心得ますが」

「其許のように分別ある者ばかりではない。負け戦でも一番槍を付ければ功ありと胸を張る奴輩《やつばら》は、道理を弁えておらぬ」

「では、皆を説き伏せよと？」

三成は軽く頭を振った。

「それぞれの所領を保つだけの能しかない者に、国の全てを前に進める大義や計図を説いても無駄というものよ。それを解するは大老衆のみ、中でも徳川家康殿と前田利家殿ぐらいであろう。されど……実は徳川殿に不穏な動きがあってな」

義宣は面持ちを厳しく引き締め、眼差しで「それは？」と問う。三成が頷いて続けた。

「太閤殿下のご遺命に反し、許可なく諸大名との縁組を進めんとしておるとか。自らの味方を増やそうという肚ぞ」

驚いて目が丸くなった。

「まさか。まだ二ヵ月ですぞ」

「まだ、ではない。もう二ヵ月ぞ。重ねて言うが、徳川殿は国を動かす大義を心得ておる。それがゆえに動き始めておるのだ。もっともその大義は、我らの大義とは大きく違うようだがな」

豊臣の家督を継いだ嫡子・秀頼は六歳の稚児である。未だ政の全てを家臣が取り仕切らねばならぬのに、五大老筆頭の立場にある者が先君の遺命に背くとあらば、それは簒奪《さんだつ》を意味する。

三成の口元が歪んだ。

「せっかく定まった形を覆《くつがえ》し、自らの望む形に一から作り直さんとする……。斯様なことが罷り通らば、この国は十年、二十年も後戻りしてしまうであろう」

「然らば戦を？　徳川殿は豊臣家中第一の将にござりますぞ」

「徳川殿を抑え込むとあらば、戦を抜きには語れぬ。されど今ではない。時を稼ぐ必要がある。わしは前田殿を説き伏せ、徳川殿の動きをできる限り阻む。其許は徳川殿に擦り寄る有象無象の動きを教えて欲しい」

二人は無言で頷き合い、会談を終えた。

以後の世は急激に動いた。

家康の動きを知った前田利家は、重い病の床にありながら烈火の如き怒りを見せ、公然と糾弾した。三成の説得が功を奏したのか、或いは秀吉と無二の親友だったからなのかは分からない。いずれにしても、利家が家康の野心を認めたことだけは確かであった。

そして年明けの慶長四年一月、家康派と利家派の双方が緊張を高め、各々の屋敷に集結する事態となった。義宣も前田邸に参じていた。三成からの指示である。

一触即発の様相だが、一方の旗頭とされた利家は腰が重かった。血気に逸った面々を宥《なだ》め、とにかく落ち着けようとしている。家康を非難したとて、今すぐに戦で片を付けようとは思っていないのだ。国を大きく乱さぬための、確かな判断であった。

そうした中、痺れを切らしたように裏返った怒声を上げる者があった。増田長盛《ましたながもり》である。

「何ゆえ、徳川方を討つと仰せになられぬのです」

「徳川殿は亡き太閤殿下から秀頼公の行く末を託されたにも拘らず、自らが取って代わろうとしておるのですぞ。今動かねば侮られます。前田様は病重く、気弱になられたのだと」

長束正家《なつかまさいえ》が続いた。増田と共に、奉行衆の中でも三成に近しい者であった。

義宣は「おや」と思った。三成と親しい二人が口を揃えてけしかけることに何の意味もないとは思えない。だが――。

思案していると、細川忠興が口を開いた。

「お二方、必死にござるな」

嘲弄とも取れる言葉に、増田と長束が「何を」と腰を浮かせる。細川は「しばらく」と一喝して利家に向き直った。

「我ら揃って死力を尽くさば、どうして負けることがござろうか。されど無礼を承知で申し上げます。前田様は病の身、しかもお歳を召されておられますれば、この先十年、二十年を生きることは叶いますまい。徳川方を討っても、いずれ漁夫の利を得る者があるのは一目瞭然にござる」

増田と長束がまた騒ぎ出したが、細川はそれを超える大声でなお続けた。

「前田様は天下の行く末を案じ、徳川殿を抑えんとしておられるのでしょう。さすれば軽々しく戦に及んではなりませぬ。ご嫡子・利長《としなが》殿にとっても、その方が良いのではござらぬか。今成すべきは徳川殿との和解と心得ます。そして徳川方を取り込み、世を正しき形に整えるのです。前田様にしかできぬことですぞ」

頰まで不精髯で埋め尽くした加藤清正、丸顔にしかめ面の浅野《あさの》幸長《よしなが》が無言で頷く。加藤嘉明《よしあき》が俯いて腕組みをした。

しばしの沈黙を破り、利家がしわがれた声を発した。

「細川殿の申しよう、道理である。前田と徳川が戦に及べば決戦となろう。されど互いに数が足りぬ。半端なぶつかり合いは無駄に長引くもの、最も多くの人死にを出す愚かな戦ぞ」

その言葉は義宣に別の事実を確信させた。互いに数が足りぬ――徳川とて同じことを考えていよう。いずれ、今すぐの戦を望んではいないのだ。

（つまり……そういうことか）

義宣は三成の真意を察した。増田と長束は利家を焚き付けるために寄越されたのではない。不穏な者を炙《あぶ》り出し、己が誰に目を光らせていれば良いかを明らかにするためなのだ。細川忠興、加藤清正、浅野幸長、加藤嘉明、いずれも「武功の者」で、武功なき三成が世を牛耳《ぎゅうじ》っているのを憎んでいる。豊臣の世を重んじるがゆえ前田邸に参集したのだろうが、先の短い利家が鬼籍に入ればどう転ぶか分からぬ面々だった。

利家が家康との和解を選んだことで、騒動は一時の鎮静を見た。しかし利家はそれから三ヵ月足らず、閏三月三日に世を去った。

当日の夕刻にこの報を得ると、義宣はまず屋敷で召し使う下人を走らせ、先般の工作で炙り出された四人の屋敷を探らせた。四半時（約三十分）もすると下人が戻り、見て来たことを報じる。義宣は「やはり」と歯噛みして、すぐに大坂城北詰の備前《びぜん》島《じま》、三成の屋敷を訪ねた。

下人に案内されて進んだ一室では、三成が何らかの書状に目を落としていた。

「石田様、一大事ですぞ」

義宣の大声に、三成はうるさそうな眼差しを寄越す。

「右京殿、どうなされた。前田殿が亡くなられて、わしはこれからのことを定めるのに忙しいのだが」

「何を悠長に構えておられます。加藤清正殿の屋敷に福島正則殿、黒田長政殿、とにかく続々と集まっておるのです。ここを襲うつもりに相違ござらぬ」

三成の顔が強張った。

「まさか。無法に過ぎる」

「前田様が亡くなられた今、徳川殿の敵となり得るのは貴殿だけなのですぞ」

「左様なことは分かっておる。されど、わしはこれまで亡き太閤殿下のご下命に背いたこともない。秀頼公にも忠節を尽くしておる。それを襲わんとするなら、然るべき筋道というものがあるはずだ」

義宣は満面に苦いものを満たし、俯き加減に頭を振った。

「朝鮮出兵後の差配のことで、武辺の面々が貴殿を憎んでおるのはご存知でしょう。貴殿が通じておられる世の大略とは全く違う、これが戦場で自ら敵と斬り結ぶ武士《もののふ》なのです」

「馬鹿な……左様なことは謀叛ぞ。豊臣への、謀叛ぞ！」

青ざめた三成に向け、義宣は大きく首を横に振った。

「それがしが加藤殿と同じ立場なら、間違いなく貴殿を今宵のうちに亡き者とし、徳川殿を祭り上げます。徳川殿がさらに力を増さば、他の大老衆とて抗えぬでしょう。

如何に無法な行ないとて握り潰せるのです」

そして、わなわなと震える手首を摑《つか》んで部屋から引き摺り出した。三成はふらつきながら、たどたどしい足取りで走る。

導いた先、石田邸の裏門の外には駕籠《かご》を支度していた。その中に三成を押し込むと、義宣は駕籠舁《か》きに耳打ちして走らせ、自らはいったん自邸に戻った。馬を曳いて後を追うとすぐに追い付くことができ、それからは自身が先導して先を急いだ。

到着した先で三成を下ろす。能面の顔がいびつに引き攣った。

「こ、ここ……ここは」

「然り、伏見城です」

秀吉が隠居所として築造した城である。三成も秀吉側近として、長くここで権勢を振るった。もっとも今では、遺命によって家康が城代を務めている。

「まさか其許、わしを売る気か」

「その気なら、そもそもお屋敷から連れ出しませぬ。窮鳥《きゅうちょう》懐に入れば猟師も殺さずと申しましょう。それがし、貴殿に受けた恩義に報い、必ずやお命を守るとお約束します」

そして三成の手を引き、大手門へと至る。

「佐竹右京大夫義宣、参上仕った。徳川内府公にお目通りを願いたい」

この名乗りに門衛のひとりが走った。ほどなく案内の者——何と「赤鬼」の二つ名を持つ徳川第一の臣・井伊直政が出て来て、義宣と三成を城内に引き入れた。

三成はかつての居所・治部少丸に通された。一方、義宣は謁見《えっけん》の広間に導かれる。秀吉の隠居所だっただけに、とにかく広い。しかも至るところが金箔と朱漆で彩られている。この華やかさが何とも落ち着かぬものを覚えさせた。

半刻（約十五分）ほど経った頃か、家康が入って来た。義宣は平伏して迎えた。

「右京殿、面を上げられよ」

言葉に従って居住まいを正す。家康はこの上ない当惑顔で単刀直入に問うた。

「これは、何の真似じゃ」

「井伊殿にお伝えしたとおり、石田治部様をお守りいただきたく、参上した次第です」

家康は、きょろきょろと大きな目で値踏みするように見つめた。

「何ゆえ其方が斯様なことを」

義宣は胸を張って答えた。

「徳川様と石田様の……間柄は、それがしとて承知しております。されど我が佐竹家は、石田様に命運を繋いでいただいた恩義がござる。如何なる手を使ってでも恩人を守りたいと思うは、人の道に外れたことでしょうや」

家康は「ほう」と目を丸くした。

「人の道には外れておらぬが、愚かなことやも知れぬぞ。其方の申しようによれば、加藤清正殿や福島正則殿ら、七名が治部殿を襲おうとしたとか。襲われるには相応の訳があろう」

「されば、七将の頼みを聞いて石田様を斬りまするか。それこそ愚かであると言わざるを得ませぬな」

「何だと？」

低く押し潰した声で家康がじろりと睨む。だが義宣は、かつて秀吉に睨まれて縮み上がっていた若者ではなかった。すう、と息を吸い込み、腹に力を込める。

「石田様は果たして、これまで主家のご下命に背いたことがありましょうか。それを討たんとするは、豊臣への謀叛にござりましょう。内府様が七将にお手を貸すとあらば、進んで謀叛人の汚名を着るに等しいものと心得ます」

家康は最前の睨みを利かせたまま押し黙った。互いの呼吸の音だけが、十、二十、三十と流れる。

「いやっははは、ははは！」

不意の哄笑と共に、家康は何度も手を叩いた。

「これは良い。いやはや、噂に違わぬ律義者よのう。確かに其方の申すとおりじゃ」

「然らば、石田様をお助けくださりますか」

家康は「ふふ」と含み笑いをして返した。

「相分かった。治部殿の命はこの家康が守ると約束する。されど右京殿、これで其方は、わしにも義理を作ったことになるな。それを忘れるでないぞ」

一時半（約三時間）ほどして、三成を襲撃せんとした七将が伏見城に参じた。だが家康は「三成を引き渡せ」というそれらの要求を退けた。

顚末《てんまつ》が知らされるまで、義宣は治部少丸で三成と共にあった。助かったと知った時の三成は、さすがに憔悴《しょうすい》して見えた。

＊

豊臣の政の中心にいる者が襲撃された――その騒動について、家康は三成にも一方の責任を問うた。処分は領国・近江佐和山城への蟄居《ちっきょ》である。前田利家の死去、三成の放逐によって、豊臣家は事実上、家康の独裁となった。

もっとも三成はこれで気を萎えさせてはいないようだった。さもあろう、いずれ家康と雌雄を決さねばならぬと端から承知していたのだ。家康が我が物顔で振る舞えば、きっと反感を抱く者が出る。それを梃子に味方を集めるべく、密かに動いていた。

慶長五年（一六〇〇年）六月二日、家康は関東の諸大名に向けて陣触れを出した。去る三月、会津中納言《ちゆうなごん》・上杉景勝に謀叛の嫌疑がかけられ、これを征伐するためである。

陣触れを受けて伏見の屋敷に入った義宣の下に、東義久が書状を届けた。包みの裏には「近江之佐吉《さきち》」と記されている。

「佐吉……治部様か」

さっそく書状を拡げ、目を落とす。

「何と書かれております」

義宣は引き締まった面持ちを返した。それだけで伝わったようで、義久は緊張した面持ちを見せた。

「治部様は、やはり決起されるおつもりか。されど……」

何を懸念しているかは分かっている。見え透いた誘いではないのか、ということだ。

家康が大坂を空ければ三成が挙兵するというのが、武士と町人、百姓衆の別を問わず、昨今の風評であった。確固たる証はないが、それは正鵠《せいこく》を射ている。如何に家康が実権を握っているとは言え、天下人はやはり豊臣秀頼なのだ。その在所たる大坂を空ける意味を、家康が承知していないはずはない。

義宣は書状を畳みながら応じた。

「たとえ罠でも乗らぬ訳にはいくまい。内府様のなさりようは確かに豊臣を蔑ろにしているのだからな。この機を逃さば、治部様が集めた味方も離れよう」

かつて前田利家が言った。半端なぶつかり合いは無駄に長引くと。あれから一年半、家康と三成はそれぞれ大名を束ね、共に十万にも及ぼうかという数を揃えられるまでになっている。機は熟したのだ。

「多くの者が死ぬでしょうな」

義久の沈痛な呟きに、軽く頭を振って見せた。

「双方が集まっての決戦なればこそ、人死にを避ける道がある。如何なる戦とて、相手の泣き所を崩すことが肝要ぞ。福島正則、加藤嘉明、黒田長政、竹中重門《しげかど》……」

浅野幸長、中村一栄《なかむらかずひで》、山内一豊《やまのうちかずとよ》、一柳直盛《ひとつやなぎなおもり》、堀尾忠氏《ほりおただうじ》。義宣は会津征伐に集められた諸将のうち、秀吉の子飼いから身を起こした者の名を連ねた。

「皆、天下の大義を解しておらぬ。それを認めず、治部様を憎むことで自身の愚に目を瞑り、挙句は内府様に搦め捕られた。されど秀頼公に弓引く気はあるまい」

もし三成が秀頼という切り札を戦場に示せば、どうなるか。それが家康の泣き所なのだ。義久の目が丸くなった。

「豊臣恩顧の者は、秀頼公の旗を目にして心を揺らす。そこでひとりでも寝返りが出れば」

「然り、後は堰《せき》を切ったように流れが生まれる。戦は終わりだ。加えて寝返りの者には、一時でも内府様に与したことを咎として減封の沙汰を下すこともできる。そうやって力を殺ぎ、ひとつずつ潰す……火種も残らん。治部様は確かに戦下手かも知れぬが、経世の大才よ。これに気付かぬはずがない」

義久が意を決したように背筋を伸ばした。

「然らば当家は会津征伐に加わらず、大坂に入るのですな」

「いいや。内府様に従って東下する。治部様のお命を救っていただいた義理があるゆえな」

こともなげに返すと、きょとんとした面持ちが向けられた。義宣は、くすくす笑いながら言葉を継いだ。

「治部様からの書状にも書かれておる。もし今すぐこちらに付けば、会津への通り道たる常陸は踏み潰されてしまうぞと。またも治部様に恩義ができた」

「いつもながら殿は、義理、恩義ばかりですな。されど、それでは治部様と干戈《かんか》を交えることになりますぞ」

義久の当惑顔に、義宣は不敵な笑みを返した。

「決戦の場での寝返り、誰が呼び水となるであろうな」

二呼吸ほどの時が流れる。義久は言葉の意味を解したようで、「おお」と声を上げて頷いた。

六月六日に会津征伐の進路が決まると、東国の諸将は一斉に帰国した。義宣も常陸に戻って軍兵を整える。猪苗代湖《いなわしろ》の東方、須賀川《すかがわ》から攻め込む仙道口《せんどうぐち》を進むように指示されていた。

対して家康の行軍は遅い。徳川の本国、武蔵国江戸《えど》に入ったのは一ヵ月近く後の七月二日だった。三成に誘いをかけている以上、当然の動きであろう。

直後の七月四日、義宣の下に三成の書状が届いた。来る十一日に所領の佐和山で挙兵するという。大老のひとり、安芸中納言・毛利輝元を名目上の総大将に据えるべく語らい、加えて大老の備前中納言・宇喜多秀家、南肥後の小西行長《こにしゆきなが》ら、錚々《そうそう》たる面々を集めているそうだ。会津の上杉景勝も元より三成方である。

同じ報せを既に受けているだろうに、それでも家康は大坂に取って返そうとしない。二十一日に江戸を発ち、二十四日には本隊が集結する小山《おやま》に入るという。東国諸将には、それぞれの持ち場に着くようにと下知があった。

未だ会津征伐を唱えているのはなぜなのか。訝しく思いながらも義宣は、持ち場の仙道口手前に三千の軍兵を進めた。

しかし——。

七月二十四日、日付が変わったばかりの夜九つ（零時）に、東義久が陣幕へ駆け込んだ。去る十九日から、三成方が伏見城を攻めに掛かったという。また会津征伐に従軍する諸将を降らせるべく、大坂に残った妻子を人質に取っているそうだ。

「いよいよ、始まりますな」

義久は血を滾《たぎ》らせていたが、義宣は逆に青ざめた。

「まずい……。内府様は、これを狙っておったか」

「はて、それは？」

義宣は捲し立てるような早口で、自らの見立てを語った。

「治部様の決起に西国衆が集ったは、内府様の専横を面白からず思っていたからだ。このまま決戦に及べば理は治部様にあったものを、御自らに理のあるを以て先に手を出してしまわれた。あまつさえ大名衆の妻子を人質に取るなど、敵意を煽るのみぞ。皆、なお頑《かたく》なになる」

三成との決戦に及ぶ道理のない家康に、絶好の口実が生まれた。やはり戦に於いては家康が一枚も二枚も上である。それを知って義久の顔が青くなった。

「我らはどう動くのです。このまま内府様に従うべきでは」

しかし義宣は首を横に振った。

「ならぬ。それでは義を欠く」

「されど！」

「かくなる上は……。義久、硯《すずり》と筆を持て」

義宣は一筆したためて透破《すっぱ》に持たせ、急ぎ佐和山へと走らせた。併せて自らは急遽《きゅうきょ》軍を退き、常陸と陸奥《むつ》の国境近く、白河口《しらかわぐち》の東南に当たる赤館《あかだて》まで戻った。

まんじりともせぬまま朝を迎え、次の動きを待った。すると昼過ぎのこと、既に小山に入ったのであろう家康から遣いが寄越された。島田《しまだ》重次《しげつぐ》なる男である。義宣はこれを陣幕に招き入れて面会した。

「内府公より、佐竹右京大夫殿にご下問の儀がござります」

「何なりと」

島田は言いにくそうに口を開いた。

「実は小山の本陣に不穏な噂がござりまして。右京殿はかねてご昵懇の上杉と手を組み、内府公の軍を襲おうとしていると」

義宣は「はは」と笑って返した。

「異なことを。こうして兵を出し、征伐に備えておるではござらぬか」

「されど昨晩までは仙道口の間近におられたのでしょう。何ゆえ赤館まで退かれたのです。ここは白河口の背を襲うに格好の地にて、皆々それを懸念しております」

義宣は敢えて、にやりと笑って見せた。

「内府様とて上方の動きはご存知のはず。それがしは伏見に父と妻子を置いておる。人質があるゆえ軽々しく兵を進めることはできぬと踏んで、いったん退いて来たまでのこと」

「飽くまで逆意はないと仰せですか」

「逆意とは、これまた異なことを申される。それがしは豊臣の臣にて、内府様の臣にあらず。此度は上杉家に叛意あるゆえ、主家に仇為す者を討ち果たさんとしておるのみ」

「いや、されど、それは……」

あんぐりと口を開けた島田に向け、義宣はなお不敵に言い放った。

「内府様は主家に忠節を尽くされるお方ゆえ、間違いなど起ころうはずがない。上杉はこの右京が抑えるゆえ、早々に軍兵を返して上方のことに対するのが良いのではござらぬか。其許、戻って左様伝えられよ」

島田は疑念に満ちた目で頷き、赤館の陣を後にした。それを見送ると義宣は空を仰ぐ。秋の千切れ雲を目にしながら、ふう、と大きく息を抜いた。

「治部様……それがしが時を稼ぎます。何卒《なにとぞ》、万全なる布陣で決戦を迎えられませい」

本当は決戦の場で最初に寝返り、一気に三成の勝利へと導くつもりだった。しかし三成が諸将を痛憤させてしまった今、戦場での寝返りは自らの背後を危うくする。我が身が滅びるのみであれば、そうやって義を通す道もあるだろう。だが家康の軍を崩すことができぬのなら、何もしていないと同じなのだ。ならば逆に、東国にあって家康の背後を寒からしめん。それが義宣の決意であった。

家康は翌二十五日に小山で評定を開き、豊臣恩顧の諸将に改めて忠節を誓わせた。それができたのは、ひとえに三成の取った行動の拙《まず》さが原因である。そして二十六日には陣を引き払い、福島正則、池田《いけだ》輝政《てるまさ》、黒田長政、浅野幸長、細川忠興らを先手として尾張《おわり》国清洲《きよす》へ向かわせた。

一方、義宣には上杉の動きに備えることが命じられた。だが、実のところは敵と認められたに等しい。下野《しもつけ》の宇都宮城には、家康の次男・結城《ゆうき》秀康《ひでやす》を筆頭に多くの将が残っている。上杉に加えて佐竹にも目を光らせるためであった。

一ヵ月が過ぎて八月二十六日となった。義宣は未だ赤館に陣を敷いたまま、宇都宮城の結城勢と睨み合っている。二日前の八月二十四日、家康の三男・秀忠《ひでただ》が三万八千の兵を率い、徳川本隊として東山道《とうさんどう》から西へ上ったそうだ。もっとも家康は未だ江戸城から動いていない。

三成の支度は、どれほど整っているのだろう。気を揉む義宣の下に、透破らしき者が参じた。

「治部様からの書状を届けに来たとのこと。受け取って参りました」

義久から手渡された書状は、細かく折り畳まれて棒のようになっていた。少しずつ解《ほぐ》し、拡げていく。記されている文字は間違いなく三成の手であった。

しばし目を落とす。そこには「岐阜《ぎふ》城を背にして、清洲にある者共を蹴散らす」と綴られていた。

「何と……。治部様は未だ、秀忠殿が東山道を進んだことをご存知ないようだ」

このままでは、木曾《きそ》から美濃に入る徳川本隊に背後を衝かれるかも知れない。義宣はすぐさま返書をしたため、密書を運んだ透破を引見してこれを託した。

透破が走り去り、陣幕の内が静寂に満たされる。傍らの義久を向いて語った。

「二十四日に宇都宮を出て、三万八千が美濃まで行軍するのには十日余りか」

「道中、上田《うえだ》の真田昌幸殿が行く手を塞ぎましょう。もう少し、二十日ほどでは？」

「そうかも知れぬな。いずれにしても先の透破は間に合ってくれるだろう。これで治部様のために果たせる義は、全て果たしたことになる」

義久は安堵した風に頷いた。

「決戦の地は、何処になりましょうな」

「そうよな。城に拠って戦うなら岐阜か大垣だろう。野戦なれば……まずは関ヶ原か。あの地であれば自軍が山に陣取り、東から来る徳川方の全てを見下ろせる」

そして、にやりと笑った。

「さて、今度は内府様への義を果たさねばならぬ」

「はて。それは如何なる御意にて？」

義宣は苦虫を嚙み潰したような顔になって俯き、ゆっくりと頭を振った。

「宇都宮城に睨まれ、決戦の地に参じられぬのが口惜しい。戦の勝敗は兵家の常、わしの書状で徳川方の動きを知ったとて、治部様が必ず勝つ訳ではない」

「それは、そうですが」

「然らば、もし内府様が勝ったら何とする。わしは、ただ腹を切らされるのみ。かつて治部様の命を救っていただいた際、内府様は仰せられた。こちらにも義理を作ったことを忘れるなと。それに報いぬまま死ぬなど、男の名折れではないか」

「はあ。やはり殿は、そこですか」

呆れ返った顔の義久に目を遣り、苦笑を浮かべた。

「義久に命ずる。これより兵三百を率いて秀忠殿の軍に加勢すべし。わしは赤館から兵を退き、水戸《みと》に帰る」

赤館を引き払って家康の脅威を除くとなれば、それは佐竹が三成方から手を引いたことを意味する。では徳川に付くのかと言えば、それも違った。徳川本隊の数からすれば、義久が率いる援軍三百など、ものの役に立たぬ寡兵なのだ。家康への義理を果たすと同時に、これ以後はどちらにも味方しないという意志を示すための行動であった。

家康は、義宣の真意を察したようだった。義久が率いた兵は秀忠の軍に合流した直後、礼状と共に送り返されてきた。

そして九月十五日、徳川家康率いる七万三千、石田三成率いる八万余は、関ヶ原で激突した。

東山道を進んだ徳川本隊三万八千は、この決戦に間に合わなかった。信濃国上田で真田昌幸の抵抗を受け、また長雨で水嵩《みずかさ》が増した川を渡りあぐねたのが原因である。

それでも、勝ったのは家康であった。三成方の小早川秀秋が寝返り、決定的な流れを作ったためだった。戦はたった一日で決した。

水戸城にこれが報じられたのは数日後のことだった。決戦の場で三成方に寝返り、自らが流れを作る——そう志していた義宣にとっては何とも皮肉な結末であった。

敗れて捕らえられた三成は十月一日に京の六条《ろくじょう》河原《がわら》で斬首となった。これを知ると義宣は「もはや義を果たすこと叶わず」と嘆じ、家康・秀忠父子に戦勝祝賀の書状を発した。

＊

決戦翌年の慶長六年（一六〇一年）四月、義宣は伏見城天守の広間にあった。佐竹の伏見屋敷にある老父・義重が、家康に詫びを入れよと書状を寄越してきたためである。

「佐竹右京大夫、面を上げい」

尊大な声音に応じて平伏を解く。この日の家康には、三成の命乞いをした日に見せた当惑など微塵《みじん》もなかった。未だ豊臣が世の頂にあるとは言え、真の天下人は交代したのだ。そのことを肌で感じた。

「ご尊顔を拝し奉り、恐悦至極に存じます」

家康は嫌気に満ちた顔で、重々しく「うむ」と頷いた。

「お主、巧く立ち回ったのう」

「はて、それは」

しかめ面の舌打ちが返された。

「治部に付いておったのは明らかであった。なのに、わしに従う形だけは作りおった。まこと、したたかな奴じゃわい」

憎らしげに響く声音を聞き、はっきりと分かった。罰してやろう、それが家康の考えなのだ。さすがに恐ろしくなり、ごくりと唾を飲んだ。だが――。

『まことに腹を据えた者は、自らの命を対価にして正しきことを成さんとする』

頭の中で不意に三成の言葉が響いた。秀吉に睨まれて縮み上がった二十一歳の己を、本当の意味で佐竹の当主に、大名に押し上げてくれたひと言であった。

義宣は震えそうな身を「何の」と抑え、胸を張って首を横に振った。

「巧く立ち回るなど、左様なことは毛ほども考えておりませなんだ。治部殿への義理、内府様への義理、それがしにとっては等しく重うござりました。ゆえに、どちらにもご助力をせぬ道を選んだまで。それがお気に召さぬと仰せなれば、いつ首を刎ねられても構いませぬ」

「ほう。首を刎ねられても、か」

ぎろりと睨まれた。だが義宣は微動だにせず返した。

「それがし、未だ内府様より頂戴した恩義に報いきっておりませぬ。命で報いよとの仰せなら喜んで従いましょう。されど」

そこで言葉を切り、眼差しで挑んだ。このまま己を斬るも良し。だが明らかに弓引いた訳でもない者を罰すれば、決戦の場で徳川に寝返った皆が何を思うか考えよ。徳川の天下、経世済民の道に火種を燻らせることになるぞ、と。

義宣は、また口を開いた。

「内府様は既に、天下人なのです」

家康はしばし、身の毛もよだつような睨みを利かせたままであった。その視線を正面から受け止め、ただ黙って呼吸を繰り返す。

やがて家康は口元を歪め、心底呆れ返ったように発した。

「やれやれ。律義なのは美徳だが、お主のように過ぎたる者は厄介極まりない」

「はっ」

「はっ、ではない。阿呆め。お主、ここに何をしに来た。父御《ててご》に言われて詫びを入れに来たのではないのか」

「詫びを以て恩義に応えよと仰せられるなら、従います」

大きな溜息と共に、家康は発した。

「……左様なことで応えられても面白うないわい。右京よ、お主はわしが既に天下人だと申したな。されば我が天下を支えよ。お主だけではないぞ。末代まで変わらず、律義に尽くすべし。永劫に恩義を返し続けるのだ」

「はっ」

勢い良く平伏する。そこに、何とも腹立たしそうな言葉が投げ掛けられた。

「義理、義理、義理の堅物め。大した男よ。ぎりぎりの綱渡りに勝ちおった」

そして家康は、持ち前の甲高い声で楽しそうに笑った。

翌慶長七年のこと、佐竹家は常陸を召し上げられて出羽《でわ》国の秋田《あきた》へ転封となった。さらに一年後の慶長八年二月十二日、家康が征夷大将軍に任じられて江戸に幕府を開くと、義宣は久保田《くぼた》（秋田）藩主と定められた。

豊臣恩顧の大名のうち、大半は幕藩体制の初期に改易された。だがそうした中にあって、佐竹家は徳川の世が終わるまで続いた。

細き川とて流れ途絶えず

京の南西・長岡《ながおか》の勝龍寺《しょうりゅうじ》城は、かつて細川家が治めた城である。幽斎《ゆうさい》にとっては本丸館の広間も慣れ親しんだ場所だった。だが今は、嫡子・忠興と共に羽柴秀吉の謁見を求める立場である。

城主の座の正面で一礼し、三方を廊下に囲まれた板間の中央に歩を進めた。羽柴の家臣が向かい合って列を成す向こう、最も奥の一段高くなったところには、鼠のような顔の小男——秀吉が床机《しょうぎ》に腰掛けている。秀吉から二間（一間は約一・八メートル）を隔て、幽斎は腰を下ろした。倅《せがれ》は後ろに控えている。

幽斎は作法に則って深々と頭を垂れた。

「まずは此度の戦勝、お祝い申し上げます。それがし、信長公への弔意として出家し、細川藤孝《ふじたか》改め幽斎玄旨《げんし》の号を得てございます。また、家督も後ろに控える倅・忠興に譲りました。当家の治める丹後《たんご》一国の帰順をお許し願いたく、参上仕った次第」

ほんの十数日前、天下人・織田信長が横死した。明智光秀の謀叛による。幽斎は光秀の寄騎に付けられており、また長年の友でもあったが、謀叛に与しなかった。

秀吉は甲高い声で問うた。

「其許の僧形とは、何とも珍しいものをみた気分よ。確か、倅殿が明智の婿じゃったのう」

「はい。されど嫁に取ったお玉《たま》は離縁の上、蟄居させておりまする」

「殊勝なことよ。のう藤孝……ではなく幽斎殿か。わしらは知らぬ間柄ではない。ゆえに、ひとつ正直に言うてくれぬか」

秀吉はにやりと笑った。

「喪に服すという名目で、風向きを読んでおったのじゃろう」

光秀の謀叛は寝耳に水の話であったが、もしも京近辺の大名を多く味方に付けていたら、天下人の座を完全に奪っていたかも知れない。秀吉の詮索は不躾《ぶしつけ》なものだが、正鵠を射ている。

幽斎は、ゆっくりと面を上げた。切れ長の目、太い弓のような眉の丸顔には満面の笑みを湛えていた。

「滅相もない。それがしは風など読まず、歌を詠むのみ。信長公に拾っていただき、倅・忠興にも目をかけていただいた上は、服喪は当然のことです。喪が明けたらいち早く羽柴様の下に参ずるつもりでした。ところが、あっという間に弔《とむら》い合戦が終わってしまい、参陣のつもりが戦勝祝賀になってしまったに過ぎません」

「ならば、なお聞こう。なぜ、わしの陣に参じようと考えた。柴田《しばた》殿、丹羽《にわ》殿、滝川《たきがわ》殿、他にも織田の臣は数多くおるではないか」

「それがしとて織田家中にありますれば、常に皆様を見ておりました。信長公の仇を討つは、羽柴様のような器量人を措いて他になしと思うておったただけのこと」

秀吉の面持ちには「卑屈な物言いをしおって」という蔑みが滲み出ている。それはすぐに、意地の悪い笑みに変わった。

「細き川こそ　二つ流るれ」

嘲弄を隠しもしない口調であった。縁者であり上役、かつ親友の光秀を見捨てて媚びへつらう男とその倅など、取るに足らぬ細い川だ。そう言っている。背後の忠興から、むらむらと湧き上がるものがあった。

幽斎はにこりと微笑《ほほえ》み、ゆったりと返した。

「御所車　引き行く跡に　雨降りて」

途端、秀吉の目が丸くなった。そして、二つの句を繋げて呟く。

「御所車　引き行く跡に　雨降りて　細き川こそ　二つ流るれ……」

高貴なあなた様の御所車が引かれたところに雨が降れば、轍《わだち》に従って細い二つの川が流れる。同じように細川父子は、あなた様にこそ従います。揶揄《やゆ》、嘲弄の言葉を転じ、秀吉を讃える歌としたものであった。

歌を味わい、秀吉は肩を揺らし始めた。そしてしばしの後、腹を抱えて笑った。

「御所車とは、こりゃまた謙《へりくだ》ったのう」

「それがしは取るに足らぬ身分の者、当然のことにございます」

細川家は足利《あしかが》家傍流の名門である。百姓から身を起こした秀吉は、こう言われて苦笑を浮かべた。

「何とも、京都《きょうと》者らしい厭味じゃわい。されど、こうまで華麗に決められると、かえって愉快なものよ。なるほど、風を読まずに歌を詠むか。いや見事、見事。さすがは古今《こきん》伝授じゃのう」

六年前、『古今集』の解釈や歌道の奥義――古今伝授を受けていた。本来は一子相伝なのだが、師・三条西実枝《さんじょうにしさねき》の子が幼年のため、一時預かった形である。

「お耳汚しの歌を、そこまでお喜びいただくとは光栄の至りです」

穏やかに応じた幽斎に、秀吉は満面の笑みで大きく息を吐いた。

「相分かった。細川幽斎ならびに忠興、この秀吉への帰順を認めよう。まずは国許へ帰り、今後のために待機すべし。下がって良いぞ」

幽斎は恭《うやうや》しく一礼し、広間を去った。

丹後への帰路、轡《くつわ》を並べる忠興が「父上」と声をかけた。ありありと不満が湛えられていた。

「ああまで胡麻を擂《す》る必要があったのですか」

「羽柴様がこれからの織田家を差配するは必定よ。全ては生き残りのためじゃ」

「されど！　『細き川』とまで言われて、なお擦り寄るとは」

幽斎は鷹揚に返した。

「のう忠興、おまえも歌を学べ」

「父上は何かと言えば歌、歌と、そればかりにござる。歌道は教養でこそあれ、武士の本分ではありません」

「そう言うたものでもない。面白くないことがあった時、腹が立った時には、歌を詠んで流してしまうのが良いぞ。そうすれば角も立たん」

「……それがしごとき非才が学んだとて、父上のご高名を汚すのみでしょう。ええ、羽柴様に従うのが細川家のためと仰せられるなら、当主としてそれを是といたしましょう。されどそれがしは、きっと槍働きで身を立ててご覧に入れる」

それきり、ぷいと顔を背けてしまった。齢二十の若者には「腹立ちは歌に詠んで流せ」という言葉の裏、父の気持ちを汲むほどの余裕はないらしい。幽斎は含み笑いで首を二度横に振った。

以後、秀吉は世に言う「清洲会議」で織田家の主導権を取った。そして、対抗せんとする柴田勝家《かついえ》を討って織田家中を完全に掌握すると、徳川家康とも戦って傘下に従えた。秀吉に帰順した身として、幽斎と忠興もこれらの戦に参陣した。

やがて幽斎は、秀吉の歌道の師として側近となった。また忠興は秀吉の養子・秀次《ひでつぐ》の傍近くに仕え、一度は離縁したお玉との復縁も認められた。

*

織田家中を完全に握った秀吉は、まさに破竹の勢いであった。瞬く間に紀伊《きい》、四国を征伐すると、天正十四年（一五八六年）には朝廷から豊臣の姓を下賜《かし》された。また天正十五年には九州を征伐し、天正十六年には琉球《りゅうきゅう》を服属させた。名実共に、誰も逆らえぬ天下人である。

その天正十六年十一月半ば、幽斎は秀吉の歌会に招かれていた。秀吉の御伽衆《おとぎしゅう》と共に座って待ち、一面に金箔の施された襖に目を遣る。大坂城の中はこういう装飾が目立った。

けばけばしいぐらいに煌《きら》びやかな様は、品のないことだ。あの男は元々が派手好みだが、天下人となってからは歯止めが利かなくなっているのではないか。考えていると、がらりと襖が開けられた。

「待たせたのう。すまん、すまん」

当の秀吉であった。その後ろから小姓が慌てて駆け付け、「関白殿下、御成」と頭を垂れる。無作法なのはいつものことだが、今日はそれとは別に驚くことがあった。秀吉の出で立ちである。くどいほどに真っ赤な小袖を身に纏《まと》った姿には、居並ぶ皆が目を丸くした。

「どうじゃ、この小袖は。良いであろう。のう？」

嬉しそうに問う。御伽衆の山名《やまな》豊国《とよくに》が、いくらか引き攣った笑みを浮かべた。

「はい。実に……絢爛にございますな」

秀吉は焦れったそうに返した。

「違う、違う。今日は歌会ぞ。歌に詠んで返さんかい。ほれ幽斎。ほれ」

矛先を向けられて、幽斎は「はは」と笑った。そして口を開き――。

「ほのぼのと　あかき小袖を　召す時は　皺《しわ》隠れ行く　御年若さよ」

柿本人麻呂《かきのもとのひとまろ》に「ほのぼのと　あかしの浦の　朝霧に　島隠れ行く　舟をしぞ思ふ」という歌があるが、これを転じたものであった。舟が朝霧の島に隠れるごとく、赤い小袖に皺が隠れてしまった。殿下の何と若々しいことか。そう詠むと、秀吉は手を叩いて喜んだ。

「良う詠んだ！　幽斎、こっちゃ来い」

言うと、毒々しい赤小袖を脱いで手ずから渡した。

「褒美じゃ。おみゃあにやる」

そして襦袢《じゅばん》一枚の姿で、なお期待を込めた目を向ける。幽斎は頭を垂れて応じた。

「下さるる　小袖の丈の　長ければ　かたじけなさは　身にぞ余れる」

この小袖の丈の長さの如く、身に余る光栄ですと詠んだ。小男の着る小袖の丈が身に余るはずはない。世辞でありつつ、こんなものを寄越されても困る、という厭味であった。秀吉ほど頭の切れる男なら、意を汲んで苦笑のひとつも――。

「いやはや、心憎い歌よ。わしも、そこまで大きくなったか。何しろ関白じゃからのう」

破顔し、掛け値なしの歓喜で応じた。幽斎の胸に驚きが生まれた。

（これは……）

当惑していると、隣にいた有馬《ありま》豊氏《とようじ》が荒い笑い声を上げた。

「さすがは古今伝授、良く詠まれるのう」

言いつつ、こちらの肩を小突く。否、突き飛ばしたと言う方が正しい。ろくでもない小袖であっても、関白から褒美を下されたのだ。そのことへの嫉妬である。しかし幽斎は抗わず、敢えて突き飛ばされるままに、ころりと転げて見せた。

「とんと突く　ころりと転ぶ　その内に　いつの間にかは　歌をいうさい」

最後に自らの法号をかけて詠み、おどけた顔で起き上がる。秀吉が笑い、皆が手を叩いた。先に突き飛ばした有馬ですら「負けましたわい」と拍手していた。

だが――。

一方で、じっとりと粘り付くような視線を感じた。目を流して右手を見ると、秀吉のほど近くに座を得た者の顔が目に入った。のっぺりとした能面のような無表情は、石田三成である。

俺には分かっているぞ。おまえは調子良く合わせているが、腹の中はどうなのだ。必ず化けの皮を剝がしてやる。三成の目がそう言っているように思えた。

（いや）

考えすぎだろうか。幽斎は微笑して目を合わせた。石田は小馬鹿にしたように口元を歪め、交わった視線を逸らした。

そうしたやり取りを余所に、秀吉は大層興が乗ったようであった。

「さあさあ、歌会の始まりじゃ」

この日の歌会は、供された菓子やら何やらをお題に即興の歌を詠むという趣向も取り入れ、一時（約二時間）ほど続いた。そろそろお開きという頃になっても秀吉は未だ興奮醒めやらぬようで、諸々の雑談の中、あらぬことを口走った。

「のう皆の者。わしが死んだら、誰が天下を取ると思う」

笑いながら言う。だが、幽斎は背筋に粟を立てた。秀吉の目は据わっていた。

「ん？　どうした幽斎」

秀吉に声をかけられ、軽く咳払いをした。

「何を仰せになられるやら。こともあろうに、死ぬだの、他の誰かが天下を取るだのと」

「其許は歌を離れると、堅物でいかんのう。たとえばの話に決まっておるわい。ほれ皆、わしの後は誰が天下を取る。言うてみい」

有馬が、当然とばかりに返した。

「それは秀次様でしょう」

秀吉の甥で、養子となっている後継者の名を挙げた。秀吉は「違う、違う」と首を振った。

「豊臣の天下を覆すほどの器量持ちを問うておるのじゃ。良う考えてみい」

先の目を見た直後である。幽斎は何を言う気にもなれず、腕組みして考えている風を装った。

（こやつ、恐れておるのか）

他の者には秀吉の命令こそが絶対のようであった。やれ徳川だ、いや毛利では、上杉も捨て難いと諸侯の名を口にする。秀吉は呆れ声を上げた。

「皆、見る目がないのう。わしの次の天下人はな、黒田官兵衛《かんべえ》よ」

山名が「まさか」と応じた。

「恐れながら黒田殿は豊前十二万石のみ、天下を望むには小身に過ぎませぬか」

「其許は官兵衛の知恵を知らんから、そう申すのよ。あやつはな、わしが散々悩んでなお決めかねておることを問うと、軽々と『こうなされ』と答えるんじゃ。しかも、わしの考えと寸分違わぬ。ことによっては、度肝を抜かれるような策すらあった。おまけに心も強い、人の使い方も上手い。官兵衛の知恵には、日本だけでは取り足りんかも知れんのう」

皆が感心して「ほう」と声を漏らす。幽斎は笑みを作って応じた。

「その黒田殿を従える殿下こそ、最も大きなご器量にあらずや」

御伽衆たちが「如何にも」と頷く。秀吉は何かに安堵したような面持ちであった。

そうした中で、幽斎は自らに向けられる三成の冷ややかな視線を感じていた。

歌会から半月の後、幽斎は国許の隠居所・田辺《たなべ》城にあった。年も暮れなんとする十二月初めのこと、ここに里村紹巴《さとむらじょうは》が来訪した。歌人として付き合いの長い連歌師である。幽斎は城の茶室に紹巴を招き、茶を点てながら問うた。

「何ぞ、耳よりな話でも？」

方々に足を向ける連歌師は、各地の報を届けてくれる有難い伝手《つて》であった。此度もそういう話かと問うと、紹巴は言い辛そうに口を開く。

「耳よりと言うより、お耳障りやもしれぬ話ですな」

ふむ、と頷いて続きを促した。

忠興が大層怒っているそうだ。先般の歌会の様子を伝え聞いてのことらしい。

「歌で媚を売り、態度でおもねり、武士の心を忘れておられると」

幽斎は「はあ」と溜息をついた。

「忠興に会《お》うたら伝えてくだされ。へつらうばかりの小物と思われるぐらいで、当家にはちょうど良いのだと。何ごとも殿下には決して逆らわず、調子を合わせて、腰を低く、低く……な」

「そうでしょうな。あのお方も大きくなられましたゆえ」

苦笑を浮かべる紹巴に、ぽかんとした顔を向けた。しかし、すぐに面持ちを引き締める。

「まあ……何でも構わぬゆえ、お伝えくだされよ」

共に茶を喫し、城を辞する紹巴を見送った。ひとり無言で茶室に戻り、再度茶を点てる。最初は大きかった茶碗の中の泡は、茶筅を回すほどに細かくなっていった。

「大きくなった……か。違うな」

むしろ小さくなった。それも、急にである。点て終わった茶を啜り、ふう、と息を吐いた。

「豊臣の天下は、長くない」

恐らく秀吉は、山を登り詰めたと考えてしまったのだろう。だからこそ、これから先に下りの道がちらついているのだ。次の天下人は誰か、などと語る辺りにそれが透けて見える。

「あれほどの男でも……。これで良いと思ったら、そこで終わりだろうに」

天下人になることが頂上なのではない。取った天下は、より良くするために治めていかねばならぬのだ。それが見えていないのは、低い身分から成り上がった男だからか。年が明ければ秀吉も五十三になる。己より三つ年下ではあるが、老境と言える歳だ。この期に及んで胸に疑心が巣食えば、もう肥大するしかない。それこそが自らの天下を壊す火種になろう。

翌天正十七年の夏、黒田官兵衛が齢四十四の若さで隠居したと聞こえてきた。あの歌会でのことを、誰かから教えられたのに違いない。疑心を解くための隠居であろう。この一件は幽斎にとって、秀吉が衰え始めたことの確証となった。

＊

天正十八年（一五九〇年）七月、秀吉は相模《さがみ》国小田原の北条氏直を下し、天下を統一した。そして翌天正十九年の十二月には関白の位と京の聚楽第《じゅらくてい》を養子・秀次に譲り、自らは隠居所の伏見城に入った。

この頃までは、まだ良かった。しかし文禄二年（一五九三年）八月、側室・淀の方が嫡子・拾丸《ひろいまる》を産んだことを機に、秀吉は迷走し始めた。先に実子・鶴松《つるまつ》が夭逝《ようせい》してからは子を諦めていたゆえか、年老いてから生まれた拾丸を溺愛し、養子の秀次に冷淡な態度を取るようになった。

しばらくして文禄四年の四月、忠興が田辺城を訪れた。広間や茶室を使わず、自らの居室に招いて茶を振る舞う。忠興は一服を啜り終えて、大きく溜息をついた。

「雲行きが怪しくなって参りました」

鬱々《うつうつ》とした顔を見て、幽斎の頭には二つのことが浮かんだ。

「唐入りのことか」

「まずは……はい。そのとおりです」

三年前、秀吉は道を借りて明帝国に入ると称し、朝鮮に兵を出していた。忠興もこれに従軍を命じられ、異国の地で武功を上げている。もっともこの侵攻は、朝鮮義兵や明軍の抵抗に遭って失敗に終わり、何ら得るものがないまま撤退に追い込まれていた。昨今、この戦の和議交渉が難航して再度の出兵が云々《うんぬん》されている。

忠興は懊悩《おうのう》を湛えた面持ちで言う。

「分からなくなってきましてな。莫大な銭を使って唐土に兵を出したとて、どれほどの益があるのかと。少なくとも当家の蔵は、もう空になっております」

「唐と空、言葉をかけて歌にできそうだが」

「真面目にお聞きくだされ」

語気を荒らげた倅に、幽斎は嫌気を込めた溜息で応じた。

「益など何もない。たとえ唐土や朝鮮を従えたとて、異国とこの国では民も大きく違うはずだ。治めていくには長くかかろう。その間に、また彼の地の武者が決起して戦になるだろうよ」

「父上は、それを太閤殿下に？」

「いいや」

忠興は口角泡を飛ばして詰め寄った。

「何ゆえです。間違いを間違いだと言上せずして、近習《きんじゅ》と言えましょうや」

「前にも言うたがな、殿下には逆らわんのが良い」

すると忠興は、今度は忌々しそうに応じた。

「父上はご存じないのですか。蒲生氏郷殿が何と陰口を叩いておるかを」

「昼行灯《ひるあんどん》。言い得て妙よな。それでも、氏郷殿が如き厠《かわや》の大行灯よりはましだ」

心底がっかりした、という眼差しが返された。

「父上が殿下をお諫めしてくだされば、再度の遠征などせずに済むやも知れませぬのに」

幽斎は、ぴしゃりと言い放った。

「それは、ない。誰が何を言おうと殿下は兵を出す」

当惑顔になった忠興に向け、言葉を継ぐ。

「秀次様への風当たりも、強くなっておろう」

「それは……はい。これも懸念しておりますれば。秀次様は殿下に疎んじられ、いずれお仕置きを頂戴するのではと恐れるあまり、行状も乱れておりまして」

幽斎は眉根を寄せ、目を伏せた。

「やれやれ。叔父と甥か……血は争えんのう」

「はて、それは？」

天下を統一し、さらに海の彼方を望む秀吉を見て、人は「軒昂な意気」と持て囃《はや》す。当人を前にすれば、己とて同じように讃えるだろう。しかし、やはり秀吉は衰えたと言わざるを得ない。

薄く目を開き、自らの膝元に視線を落とした。

「良いか忠興。これから先は、努めて息を殺しておれ。とにかく、太閤殿下の言うとおりにな」

「されど」

「おまえは迷っておるのだろう。ならば騙されたと思って、言うとおりにしておけ。そうせねば細川は生き残れん」

「はあ……。唐入りのことは」

「それも、諾々《だくだく》と従っておるのが良い」

忠興は異を唱えはしなかった。しかし細川家の台所が逼迫しているせいか、気は進まぬようであった。

そして七月――。

田辺城に里村紹巴が駆け込んだ。そして幽斎の顔を見るなり、大声を上げた。

「一大事ですぞ。秀次様が……謀叛の嫌疑をかけられました」

「そうか」

やはりな、と思うばかりであった。落ち着き払った態度のせいか、紹巴は逆に落ち着きのない声で捲し立てた。

「何を悠長に構えておいでか。ことは細川家の命運を左右します。早々に手を打ちなされ」

「手を打つ……のう」

「幽斎殿は太閤殿下の歌の師ではありませんか。忠興殿に咎が及ばぬよう、お口添えしては」

幽斎は紹巴から眼差しを外し、広間の外の庭に目を遣った。

「腰巾着《こしぎんちゃく》の歌詠みが何を言うても、御政道の話がどうにかなるとは思えぬ」

「されど太閤殿下は、秀次様のみならず、女子供に至るまで全ての首を落とせと仰せられておるのですぞ。秀次様の近習たる忠興殿とて、どうなるか分かったものではありません。それなのに、我が子を見捨て、細川の家を途絶えさせると？」

幽斎は「ああ」と嘆息した。ついに、ここまで来てしまった。しばしぼんやりと庭木を眺め、然る後に目元を厳しく引き締める。

「これまで……なのか」

紹巴から驚愕の気が溢れ出した。だが勘違いをしている。細川の家を終わらせる気など毛頭ない。幽斎はすくと立ち上がり、紹巴の肩に手を置いて語りかけた。

「貴殿はこれからも、諸々を報せてくだされ。わしはしばらく京に上がるゆえ、知り得たことがあらば聚楽第門外の細川屋敷へお願いする」

そして家臣の沼田《ぬまた》三郎左衛門《さぶろうざえもん》を呼び、駕籠を手配させて京に向かった。

京の細川屋敷は、聚楽第西外門を出てすぐ北にある。幽斎がここへ入ったのは、秀次謀叛の報を受けた二日後のことであった。

広間で顔を合わせた忠興は、憔悴しきっていた。

「まことに申し訳ない仕儀となりました。それがし、謀叛への加担を疑われております」

萎れきった倅に、幽斎は静かに問うた。

「おまえ、何か太閤殿下の御意に沿わぬことでもしたのか」

「滅相もない。謀叛に同心する者の連判状に我が花押があると、いきなり言われたのです。されど、おかしいでしょう。そもそも秀次様に謀叛のご意思はありません。これは確かなことです」

「と、すると……謀《はか》られたか」

忠興は悔しさのあまり、血を吐かんばかりの声で続けた。

「それがしは、かつて秀次様から黄金百枚を下されたことがありました。これが謀叛の軍資金ではないかと、奉行の石田治部が申したのだそうです。連判状も、秀次様と近習を陥れるための偽りでしょう。唐土でも……皆が身を粉にして働いたというのに、何とて」

歯嚙みして嘆く忠興の姿に、幽斎は心中で詫びた。石田三成――かつての歌会でひとりだけ冷めた目を向けていた男は、昼行灯の仮面を確かに見破っていた。だとすれば、秀次と共に狙われたのは忠興ではない。己なのだ。

「……忠興。まずは今のまま謹慎を続けよ。いずれ弁明の機を頂戴できるよう、わしから太閤殿下にお願いしてみる」

「かたじけのう存じます。して、それはいつ頃になりましょうや」

幽斎は深く溜息をついた。

「秀次様がこの世を去られてからであろう」

忠興は口を半開きに、黙ってしまった。だが間違いない。腹心の黒田官兵衛を疑って隠居に追い込み、我が子かわいさに秀次を遠ざけ、あまつさえ讒訴に丸め込まれた秀吉である。今後、ことの重大さには気付くかも知れぬが、なればこそ秀次の首で全てを収めようとする。

倅をじっと見つめ、そのことを目で語る。忠興は、がくりとうな垂れた。

「承知いたしました。待ちましょう」

「言うておくが、弁明の際は寸鉄も帯びてはならぬぞ」

「なぜです。武士のたしなみとして、懐剣のひとつも持たねば」

「殿下にな、完全な勝ち……とでもいうものを献上するのよ。さもなくば、嫌疑を蒸し返されて終わりじゃ」

「それほどに卑屈なことをせねばならぬのですか。あまりにも理不尽《りふじん》な」

「理不尽な話は、もう起きておるではないか。良いな、必ず身ひとつで赴くのだぞ。

それから、黄金百枚は秀次様から借りたことにいたせ。必ず太閤殿下にお返しすると約束せよ」

忠興はすがるような目を見せた。

「返す当てがございませぬ。先年の遠征に加え、次の唐入りの軍費を捻り出して、当家は干上がっておりますれば」

「銭か」

それればかりは、どうにもならない。在京料として山城国に三千石をもらっているが、これとて忠興の軍費の足しにしてしまい、いくらも残っていなかった。

幽斎は広間を出て、庭から東の空を眺める。細川屋敷の屋根の向こうに聚楽第が聳えていた。多くの郭を備え、瓦にまで金箔を配した華美な佇《たたず》まいである。この城の主・豊臣秀次とて、秀吉の耄碌《もうろく》と、それを助長する三成には敵わぬのだ。

「やはり、これまでだ」

腰巾着に成り下がったのは、秀吉に信服したからではない。全ては生き残りのためである。三成はそれを見抜いていて、おまえの忠節はまやかしだと腹の中でせせら笑っていた。だが己のおもねる姿が虚構だと言うなら、連判状を贋造《がんぞう》する三成は本物なのか。

「否とよ。まこと媚びるは……石田治部なり」

秀吉は実子の拾丸かわいさに、血の繋がった甥に謀叛の濡れ衣を着せた。それだけでは飽き足らず、秀次の妻子全てを殺し、あまつさえ豊臣のために奔走してきた家臣をも無下に切り捨てるのだ。明らかに異常な差配である。

「わしには無理な相談だが」

独りごちて目を伏せる。秀吉はきっと、こういうことを繰り返すだろう。それを後押しする偽の忠義者が幅を利かせている。ならば、道はひとつしかない。

「忠興」

呼ばわりながら、広間に戻った。

「柿の木に　人丸くこそ　見えにけり　ここかあかしの　うらの白浪」

ひとつの歌を聞かせた。何が何やら分からぬという顔の倅に、幽斎は含み笑いで続けた。

「伏見城に天子様ご下賜の柿の木があってな。去年の秋、わしはその実をもいで食おうとした」

「はあ……。大それたことを」

「そこを太閤殿下に見つかって、今の歌を詠まれてしもうたわい」

忠興は怪訝な面持ちを緩めない。

「柿と柿本人麻呂の名、『源氏《げんじ》物語』にある明石《あかし》の浦に、盗人を指す白浪の言葉を掛けた歌でたしなめられましたか。それと今の事態と、何の関わりが？」

幽斎は深く頷き、静かに、静かに、囁くように詠み上げた。

「豊つ国　徳ぞ流れて　川を成し　日の昇る本　たつは白浪」

豊臣の徳が川となって流れ、白い波の上に日本の国を昇り立たせる。そう解釈すれば、豊臣を讃える歌ということになる。だが忠興は先に自ら「白浪は盗人を指す」と口にしただけに、もうひとつの意味に思い至ったらしい。

「黄金百枚、徳川内府様を頼れと仰せですか。五大老筆頭のお力があらば、確かに大金も都合できましょう。されど……」

「それで構わん。天下の主が狂乱し、それに心底から媚びへつらう者がある」

豊臣の治める国とは言え、二番手にいる徳川の力は既に縦横に流れている。今こそ起って国を盗り、この国に日を昇らせるべし——家康を頼りつつ焚き付けよという真意を悟り、忠興が唇を震わせている。幽斎は、そこに厳かなひと言を加えた。

「奸物、除くべし。国を支えるべし。徳川殿は、織田、豊臣と、常に風下に立たざるを得なかった。それでいてしぶとく生き抜いてきた御仁であるぞ。再び世を乱さぬための術《すべ》も、心得ておられよう」

忠興は、ごくりと唾を飲み込んで呟いた。

「それがしは、どうすれば」

にやり、と笑みで応じる。

「徳川殿が心あるお人かどうか、借財の申し入れにどう答えるかで分かる。恐らく、否とは言わぬよ。然らば積年の不満を吐き出し、先の歌をお聞かせするが良い。細き川二つが、徳の川に流れ込んで力を与えん……と。我らだけではない、多くの者が同じ思いのはずじゃ。その声が徳川殿を起たせるであろう」

忠興はうろたえていたが、少しすると呼吸も落ち着き、力強く頷いた。

それから一ヵ月ほどで忠興の閉門は解かれ、秀吉への申し開きの機会を得た。黄金百枚についても、家康が願いを聞き入れてくれたことで、細川家が責めを負うことはなかった。

＊

二度めの大陸遠征の最中、慶長三年（一五九八年）八月十八日に豊臣秀吉が没した。当然の帰結として、遠征軍は撤退となった。初回に続いて異国に赴いていた忠興も、これによって領国の土を踏んだ。

海を渡った諸将は疲弊していた。だが政務の実を取り仕切る石田三成は、これらの者に満足な報いを与えなかった。何も得るものがないまま兵を退いたのだから当然とは言え、実際に戦った者にしてみれば、わざわざ自らを磨り減らすために年月と財貨を費やしたに等しい。ここに生まれた不満は計り知れぬものがあった。

撤兵の後、家康がそうした将に加増を行なっていることは田辺城にも聞こえてきた。幽斎は思った。家康は着々と戦支度を始めている。

年が改まって慶長四年となった正月、忠興が田辺城を訪れた。秀吉への服喪のため、表向きは新年祝賀ではない。幽斎は自らの居室で忠興と向き合って酒盃を傾け、静かに微笑んだ。

「まずは無事の帰国、何よりじゃ」

忠興は恥じ入ったように、身を小さくした。

「それがしは、これまでのご無礼をお詫びせねばなりませぬ。腰巾着だの、昼行灯だのと陰口を叩かれた父上の行ないは、豊臣家中のあれこれを見定めるためだったのですな」

幽斎は「ふふ」と笑った。

「分かれば良い。おまえも、そういう歳になったということだ」

「はい。ついては、それがしも父上に倣おうと思います。歌も、本腰を入れて学びましょう」

思いがけぬひと言に、幽斎は目を見開いた。

「おお！　然らば、わしが手ほどきをしてやろう」

しかし忠興は左の掌で「お待ちを」と制した。

「是非お願いいたします。が、その前にやるべきことがございましょう」

話の腰を折られたようだが、倅の言うことが正しい。幽斎は背を丸めた。

「ふむ……。徳川殿は既に動いておられるようだが」

忠興は頷いて、重い声音で打ち明けた。

「昨今、前田利家様がお怒りなのをご存じですか」

「徳川殿が行なっておられる加増や諸大名の縁組が、太閤殿下のご遺志に反するというあれか。利家殿は、太閤殿下とは無二の友だったからのう」

「お怒りの理由も分かりますれば、それは良いのです。されど……治部めにござる」

石田三成の名を聞いて、腹の中に嫌なものが湧いた。杯を呷って、酒でそれを鎮める。

「あの者、また何か企んでおるのか」

「徳川家を潰すべく、前田様を焚き付け、争わせようとしておりました」

忠興は利家の子・利長から、どうしたものかと相談を受けたそうだ。

「前田様は病重く、ご自身で『もう長くない』と仰せにござる。前田様が徳川様を討ち、然る後に鬼籍に入ってくれれば……治部めは、そう企んだに相違ありません」

聞いて、からからと笑った。

「まだ若いが、大したお人よのう。太閤殿下の次は利家殿、お歳を召された方をお助けせんという篤《あつ》い義心には、ただただ感服するばかりじゃ」

忠興は苦い面持ちを解き、軽く吹き出した。

「ここにおらぬ相手に斯様な厭味を言うても、やり込めることはできませんぞ。ともあれ、それがしは前田様にお会いしてお諌めしたのです」

家康が滅び、次いで利家も没してしまえば、豊臣家は三成の思うがままとなる。今、病の床で嫡子・利長の将来を案じるなら、逆に家康と昵懇になってはどうか。そうすることが利長のために良い結果を生むはずだ。忠興は、そう言って前田利家を納得させたそうだ。

幽斎は「ほう」と顔を綻ばせた。

「おまえも、やるようになったわい」

「ありがとう存じます。されど」

忠興の面持ちに、戦場での激しさが宿った。幽斎も目元を引き締める。

「そうじゃな。治部め、そんなことを考えておったとなれば捨て置けぬ。徳川殿は？」

「未だ、何も。あのお方は慎重に過ぎますな」

「ならば……」

眼差しで「分かるな」と問う。忠興は力強く頷いた。

「細き川のひとつが、徳の川に勢いを与えます」

二人は含み笑いで酒を酌み交わした。

三ヵ月後、閏三月四日の昼のこと、幽斎は暖かさに誘われて、田辺城本丸館の脇にある天守に登っていた。城の北は海である。そちらを望めば、舞鶴《まいづる》湾の入り江は左右の山に切り取られたように映った。海の彼方では水と空の境が曖昧に霞《かす》んでいた。

この長閑《のどか》な様子がいつまで続くだろう。思いつつ、幽斎は口を開いた。

「春霞――」

歌を詠みかけたところへ、慌しい足音が階段を駆け登ってきた。家臣の沼田三郎左衛門であった。

「大殿、こちらにおいででしたか」

「如何した」

「一大事です。昨日、前田利家様がご逝去されました。それと、昨晩から今朝方にかけて、石田三成様のお屋敷が襲われたとの報せがあり申す」

「ほう」

のんびりと返す。三郎左衛門は、むきになって続けた。

「落ち着いておられることではございませぬ。襲ったのは、殿……忠興様なのですぞ」

三郎左衛門によれば、襲撃したのは忠興を始め、加藤清正、福島正則、黒田官兵衛の子・長政ら武辺の七将ということであった。幽斎はそれを聞いて、むしろほくそ笑んだ。

「奉行の要職にありながら襲われるとは、それだけのことをしたからであろう。治部殿にも一半の咎はある。なるようになるのみ、大事ない。まあ見ておれ」

そう言うと、三郎左衛門は納得がいかぬ風ながら「はい」と頷いた。

この一件は家康の指示ではない。忠興ら七将の談合である。しかし家康という人は、やはりこれを看過するような凡物ではなかった。幽斎が見通したとおり、家康は五大老筆頭の権限を以て石田三成に一方の責任を問い、領国の近江佐和山に蟄居を命じた。

＊

慶長五年（一六〇〇年）六月、五大老のひとり上杉景勝に謀叛の嫌疑がかかった。

家康は豊臣傘下でも自らに近しい大名を多数率い、上杉の国許・会津への征伐軍を起こした。細川当主の忠興も、軍兵を率いてこれに従軍していた。

昨今、巷間で囁かれていることがある。徳川家康が大坂を空ければ、佐和山の石田三成が挙兵する、という話であった。家康がこれを知らぬはずはない。にも拘らず敢えて大坂を空けるとなれば、考えられることはひとつ、三成を誘っているのだ。

案の定、七月に入ると三成は兵を挙げて大坂に入った。

家康は引き返して決戦に及ぶだろう。石田方もそのつもりで、会津征伐に加わった諸将の家族を人質に取る動きを見せた。

「申し上げます」

初秋とは言え、まだ暑い日が続いている。大坂から駆けどおしに参じた伝令が、汗みどろの顔で田辺城本丸館の庭に片膝を突いた。幽斎は広間から廊下に進み、沼田三郎左衛門を左手に従えてこれを迎えた。

伝令は涙声で発した。

「お方様、治部の虜《とりこ》となる恥を受け入れず、ご落命なされました」

忠興の正室・玉は、ガラシャの洗礼名を受けた切支丹である。教義によって自決を禁じられているがゆえ、家老・小笠原少斎《おがさわらしようさい》の手で世を去ったそうだ。小笠原以下、細川の大坂屋敷にあった者も皆が切腹し、後を追った。

「お役目を果たした上は、それがしも」

ひとり生きて田辺城に参じた伝令は、伝えるべきことを伝えると、脇差を抜いて腹に突き立てようとした。

幽斎は、語気強く声をかけた。

「切腹は許さぬ。今はひとりでも惜しいのだ。いずれ治部の兵がこの城に押し寄せよう」

伝令が潤んだ目を向ける。傍らの三郎左衛門が引き締まった口調で問うた。

「籠城にござるか」

「そうだ」

そして、伝令に向き直った。

「忠興が兵を連れていった今、丹後には精々五百しかおらぬ。枕を並べての討ち死には端から覚悟の上、なれば其方も、同じ死ぬなら武士として戦って散るべし」

伝令は涙を落とし、深々と頭を垂れた。

遠征軍を率いた家康が取って返し、石田方と戦うのには、まだ少し時がかかる。その間に三成は、上方の徳川方を平らげるべく各地に兵を出すだろう。田辺城には、いつ、どれだけの数が寄越されるのか。それを探るため、幽斎は物見を放った。

物見は数日の後に戻った。本丸館の広間には主の座に幽斎、左に三郎左衛門、右には僧門から還俗した幽斎の三男・幸隆《ゆきたか》が侍している。引見された物見が切迫した声を上げた。

「石田方、大坂を発してございます。その数、一万五千」

「一万五千……三十倍もか」

三郎左衛門は、それきり絶句した。

物見の報せによれば、石田方は大将・小野木重勝《おのぎしげかつ》の他、谷衛友《たにもりとも》、前田茂勝《しげかつ》、織田信包《のぶかね》、小出吉政《こいでよしまさ》、杉原長房《すぎはらながふさ》、藤掛永勝《ふじかけながかつ》らが率いているということだった。

幽斎は苦笑を浮かべた。

「重勝殿に、衛友殿に……わしの歌の弟子が大勢おるわい」

「すると……この戦は」

止められるのではないか、という幸隆の眼差しに、素っ気なく返した。

「やはり戦わねばなるまいよ。じゃが、牙を抜く方法はある」

幸隆には、それが何を意味するのか分からぬようであった。

翌七月二十一日、一万五千を相手に籠城戦が始まった。南の追手口《おうてぐち》、海に臨む北の搦手口《からめてぐち》から寄せ手が攻め立てると、城方は細川幸隆の大砲と鉄砲で応戦した。寄せ手は一時退いて遠巻きに城を囲み、次の日、また次の日と小刻みに戦を挑んできた。

そうして、十日ほどが過ぎた。

「これまでのところ、全てを退けております。敵は攻めあぐねておりますぞ」

広間に参じた幸隆が、嬉しそうに言う。幽斎は「いや」と首を横に振った。

「何にせよ敵は三十倍ぞ。毎日、毎日、じわじわと攻めを受ければ、やがてこちらの兵は気が萎えてしまうだろう。向こうは、我らが音を上げるのを待っているに過ぎぬ」

「然らば、如何なさいます」

幸隆が面を曇らせた頃、今日も城外に鉄砲や大砲の音が響き始めた。

幽斎は、すくと立った。

「頃合かのう。幸隆、来い」

そして歩を進め、追手口に向かった。

遠くから大砲の音が響き、城壁の手前に落ちて天高く土くれを巻き上げる。寄せ手の兵が攻めかからんと鬨の声を上げる。城方は、あるいは門の内から矢を放ち、あるいは城門に登って人の頭ほどもある石を投げ、敵兵を門に近づけまいとしていた。

「父上、ここは危のうございます。お戻りくだされ」

幸隆が切迫した声で諫めるが、幽斎は無視して呼ばわった。

「三郎左衛門。久しぶりにやるぞ。あれを持て」

「承知仕った」

兵を督していた三郎左衛門は嬉しそうに応じ、三人ほどを連れて下がった。それを見届け、幽斎は城門に架かった梯子《はしご》を登り始めた。

「父上！　お戻りを」

声を限りに叫ぶ幸隆に、にやりと微笑む。そして、ついに幽斎は城門の上に姿を晒し、自らの胸に右の掌を当てた。

「ここ指して　射つ鉄砲の　弾きはる　命に向かふ　道はこの道」

押し寄せる敵兵の群れに向け、朗々と一首を詠んだ。士分であろう者が十人、二十人と足を止め、騎馬の将が顔を青くする。幽斎はこれに大喝を加えた。

「そこにおるのは衛友殿であろう。わしは命を捨てる気でおるぞ。この胸目掛け、撃つが良い。古今伝授を途絶えさせてみよ」

すると馬上の将——谷衛友は慌てて声を上げた。

「よせ、待て！　攻めるな。鉄砲方、撃ってはならん！」

幽斎は、からからと笑った。

「其許と戦場で相対するとは思わなんだわい。天下国家のためとあらば、師匠《ししょう》であろうと古今伝授であろうと容赦せぬ心意気、まことに天晴《あっぱれ》じゃ。武士の鑑《かがみ》、誉《ほま》れと言うべし」

そこへ、先に立ち去った三郎左衛門が戻って声をかけた。

「大殿、お待たせいたしました」

そして、一本の縄を放って寄越す。幽斎はこれを摑み、ぐい、ぐいと引き上げた。縄の先は四人懸かりで運ぶような大岩に十文字に渡され、括《くく》り付けられていた。幽斎はそれを軽々と右の肩に担ぎ上げる。

「ええい、やあ！」

掛け声ひとつ、大岩は十間も先に投げ飛ばされて谷衛友の前に落ちた。目前の地響きに、馬が慄《おのの》いて竿立ちになる。谷は何とかこれを捻じ伏せると、大声で呼ばわった。

「ひ……退け、退け！」

寄せ手は、ついに兵を退いた。呵々と大笑しながら見届け、幽斎は城門から下りた。

「父上。今のは……それがしは何を見たのでしょうや」

呆然とした幸隆に向け、三郎左衛門が豪快に笑った。

「ご存じなかったのですか。大殿はこれほどに武張ったお方なのですぞ。お若い頃など、京の町で荒れ狂っていた暴れ牛の角を摑み、投げ倒したこともあるのです」

幸隆は、その場にぺたりと尻を落とした。幽斎は穏やかに微笑み、本丸館へ下がった。

以後、寄せ手の攻めが緩慢になった。大砲にも空砲が目立ち、どうにも本気で攻めているように見えない。大将の小野木以下、寄せ手には幽斎の弟子が多く含まれている。それらの者の胸中に、師を殺したくない、古今伝授を途絶えさせて悪名を残したくないという思いが生まれたゆえであった。

城方は、息を抜きながらの防戦ができるようになった。それがゆえ、小勢での籠城は実に一ヵ月に及んでいた。

八月二十七日、事態が動いた。

古今伝授には口伝が多く含まれる。つまり幽斎が命を落とせば、歌道の奥技が失われるのだ。これを恐れた後陽成《ごようぜい》天皇が、和睦勧告の使者を寄越してきた。しかし幽斎は「城を明け渡すのは武門の恥である」として拒絶した。

すると九月三日、今度は寄せ手と城方の双方に、和睦を命じる勅使が派遣された。武家同士の争いには関与しないのが朝廷の常である。勅命など異例中の異例であった。

そうした中、紹巴が田辺城を訪れ、三郎左衛門に導かれて本丸館の広間に入った。

「戦場に訪れるとは、風流な連歌師もおったものよ」

幽斎が笑うと、紹巴も頬を緩めた。

「戦場とは名ばかりですからな。城に入るのも容易いことでした」

そして、顔を引き締める。

「ついに、美濃の関ヶ原で決戦に及ぶ模様です。数日の内でしょう。兵は徳川方が概ね七万、石田方が八万とか」

「そうか。ならば……もう良いかのう」

にこりと微笑んで、幽斎は三郎左衛門に向いた。

「長らく返答を待ってもらった勅命じゃが、お受けするとお答えせよ。城の明け渡しは、片付けが終わり次第じゃ」

「はっ」

三郎左衛門は勢い良く頭を下げ、広間から駆け出していった。

翌朝、幽斎以下五百は田辺城を出た。追手口の右前には谷衛友の陣があったはずだが、この日は小野木重勝以下、幽斎の弟子が参集しているようであった。城門からゆっくり馬を進めると、それらは揃って頭を下げた。

朝日に目を瞬きつつ、幽斎は口を開いた。

「戦に勝ってなお礼を尽くすとは、何と清々《すがすが》しいことか。みじめな敗者たるわしには、過分のことよ。弟子たちの高潔な姿が眩しくて堪らんわい。のう、三郎左衛門」

「はあ……。あまりに謙るのは、その、如何なものでしょう」

厭味に過ぎると言外に示され、幽斎はくすくすと笑った。どちらが勝者か分からぬ姿だった。

今日は九月十二日である。もう幾日もせぬうちに、関ヶ原では戦いが始まる。小野木以下一万五千がこの決戦に赴くことはできぬだろう。たった五百で五十日も釘付けにしたのだから、十二分の働きと言って良かった。

＊

関ヶ原の戦いは徳川家康の圧勝で終わり、細川家は小倉《こくら》四十万石を任せられることになった。既に隠居している幽斎は京都・吉田《よしだ》に庵を結び、余生を過ごす道を選んだ。

「さすれば、これにて。父上も一度、小倉においでになられませ」

任地に向かう忠興が挨拶に立ち寄り、先を急ぐということで、その日のうちに発った。

「忠興も三十八か」

後ろ姿を見送り、立派になった、と思う。

そこへ、庵の裏手から話し声が渡ってきた。幽斎が向かうと、ちょうど近所の百姓衆が茄子《なす》を献上に来て、下人と話をしているところだった。

「幽斎様に食うてもらおうと思いまして」

背負い籠いっぱいに入った秋茄子は、どれも瑞々しく張り詰めていた。一本を手に取り、生のままかじってみる。清々とした香気が胸を洗った。

「うむ、これは良い茄子じゃ。しかし、斯様にたくさんは食いきれぬのう」

百姓と笑みを交わしていた幽斎は「そうだ」と思い立ち、庵に戻って筆を取った。

「このたびは　なすの与一を　やる程に　目かけて使へ　年は十八」

源平合戦の時には十八歳だったという那須与一《なすのよいち》のように、初々しく上物の茄子をやろう。味わって食うがごとく、良い家臣に目をかけて使うべし——切り紙に書いたのは、倅に主君としての心得を説くための歌であった。

幽斎はこれを茄子に添え、下人に持たせて走らせた。忠興の行軍は未だ山城《やましろ》国を出ておらぬはずだし、半時もせぬうちに追い付くだろう。

果たして下人は忠興に追い付いて茄子を渡し、一時ほどで立ち戻った。

「喜んでおったか」

幽斎が問うと、下人は少し申し訳なさそうな顔で、懐から切り紙を取り出した。それには忠興の手で、こう記されていた。

「下さるる　なすの与一は　十五にて　あまり若うて　使ひ足らんに」

十八とのことですが、頂戴した茄子は十五しかなく、使い足りません。良い家臣に目をかけよと仰せられるなら、その良い家臣を頂戴できるのでしょうか——そう詠まれていた。細川の家督を継いで十八年、三十八歳にもなって主君としての心得を説かれることを鬱陶しいと思っているのが、ありありと分かる返歌であった。

「あいつめ……何と厭味な」

幽斎は眉をひそめ、溜息をついた。

背いてこその誠なれ

　大坂城、西之丸に上がるのは初めてのことである。太閤・豊臣秀吉の生前は正室・北政所《きたのまんどころ》の居所があり、男の身でここに入れるのは秀吉の子飼いか側近に限られていた。

（他と大差ないか）

　派手を好んだ秀吉の城だけに、至るところが金や朱で彩られている。そういう意味では取り立てて緊張するようなことはなかった。

　そうした装飾に乏しい一室があった。諸々の接見に使われる中の間の向こう、廊下の突き当たりである。奥の間——北政所の居所だった部屋だ。間口から見て二十畳ほどの広さだろうか。初夏四月の陽光に浮かぶ清楚な空気は、不思議なもので、毒々しい耀《かがや》きの中ではかえって不安を覚えさせた。

「昌幸、何をしておる」

　奥の間に目を奪われていると、障子を開け放った中の間から声をかけられた。やや甲高い声音に鷹揚な口調は、内府・徳川家康である。昌幸は「ふう」と短く息をつき、もう三歩を進んで部屋に入った。家康は奥の主座にあって、背後に二人の小姓を従えている。向かって右前には側近の井伊直政が侍していた。

「真田昌幸、お召しに従い参上仕りました」

胡坐を組んだ両脇に拳を突き、肘を張って頭を下げる。家康はのんびりと「良い良い」と発した。

一年半あまり前の慶長三年（一五九八年）八月十八日、天下人・秀吉がこの世を去った。二度めの唐入り——朝鮮半島から唐土への遠征の最中だったが、秀吉の逝去に伴い、中途で撤退している。

昌幸と長子・信幸《のぶゆき》、次子・信繁《のぶしげ》は海を渡ることがなかった。ゆえに訃報を受けてすぐ秀吉の隠居所・伏見城に上がることができ、そのまま京に留まっていた。そして昨慶長四年九月、家康が大坂城に入ったことを受け、昌幸と信繁も大坂に移った。

昌幸が平伏を解くと、家康は二重瞼の目をきょろりと見開き、丸い顔を綻ばせた。

「信幸は実に生真面目よな。会津を良く睨んでおるぞ。其方の申し出がなくば、直政を戻さねばならなかった。さすれば、わしも首が寒い」

ちらりと井伊に目を遣る。井伊は寸時、家康に眼差しを流したのみだった。あとは微動だにせずこちらの顔を見続けていた。五十路を過ぎた己が面相は、頬骨と顎の張り具合も目立つようになってきた。だが井伊は、そういうところを見ているのではない。

(手強い奴め)

思って、昌幸は家康に目を戻す。平らかに発した。

「それがしは内府様の寄騎にござる。倅も内府様のご養女を妻とした身にございますれば、大事に際してこそお役に立たねばなり申しませぬ」

今年に入って間もなく、信幸は病を得て国許の上野沼田《こうずけぬまた》に帰っている。もっとも、それは口実に過ぎない。実のところは先に家康が言ったとおり、昌幸が進言したためだった。

家康とは因縁浅からぬ仲である。

十八年前、かつての主家・武田《たけだ》が滅んだ。昌幸は武田勝頼《かつより》の代官として北上野を任されていたのだが、これを機に独立すべく、以後は主家を転々と変えて力を蓄えた。家康も主君と仰いだひとりである。だが、やがて決裂して戦った。昌幸は五倍以上の兵力差を覆し、完膚なきまでに徳川軍を叩き据えた。秀吉という天下人が現れねば、今でも相克する間柄だったのかも知れない。

それを思ったか、家康は「はは」と笑った。

「其方が、役に立たねばならぬと申してくれる。有難いことよ」

昌幸は探るように問うた。

「上杉は何と？」

「家老の直江《なおえ》兼続《かねつぐ》から書状が参った。謀叛の咎への申し開きだというのに、無礼千万な申しようでな。わしを挑発しようというのが目に見えておる」

思惑どおり、という不敵な笑顔である。

（相変わらず食えぬ男よ。この狸め）

胸中に思いつつ、顔には家康と同じ笑みを湛えた。

「然らば信幸の役目も、ひとまず終わりということですな」

「ああ。一度、大坂に呼び戻そう。屋敷のこともあるだろう」

長く滞在した伏見から大坂へと移るに当たり、信繁と信幸にはそれぞれ屋敷の敷地が与えられていた。昌幸は信繁に低地を、信幸にはより条件の良い高地をと申し出ている。

「普請をするぐらいの間はあると？」

問うてみると、家康は穏やかに返した。

「それは分からん。上杉次第よな」

空とぼけている。付き合いの長い昌幸には、それが分かった。家康は慎重な男で、たとえ小事だろうと「状況次第」というあやふやな考え方をしない。その状況とやらを作り出すために手を回すのが常なのだ。

寸時、傍らの井伊を見やる。先と同じ鋭い眼差しに凄みが増していた。

(上杉を踊らせる……。手筈は万端というところか)

昌幸は切れ長の目元を幾らか引き締めて応じた。

「ならば、どう転んでも動けるようにしておかねば」

「釈迦《しやか》に説法だとは思うが、国許の上田に文を飛ばし、兵の支度だけは急がせておけ。何しろ其方には色々と策も諮《はか》らねばならん」

「承知仕りました」

深々と一礼して、昌幸は中の間を辞した。

廊下沿いの出入り口に向かう。背に感じる二つの視線が同じものを発していた。居心地の悪い気配である。

去り際、再び向き直って頭を垂れる際に家康と井伊を盗み見た。井伊は未だ面持ちを緩めていない。一方の家康は、微笑を湛えたままであった。いつものことながら、顔つきからは肚の内を見通せぬ男だと呆れた。

西之丸を出て三之丸に至り、仮普請の屋敷に入る。信繁が玄関まで出迎えた。

「お早いお帰りで。内府様のご用事は如何なるものでした」

頬骨と顎が張っている辺りが、己や信幸に似ていた。だが信繁の目元は、真っ正直な信幸に比べてやや穏やかで、かつ奔放なものを思わせる。昌幸は静かに返した。

「わしの肚を探るつもりだったようだ。まあ」

家康の空とぼけた様子を思い出し、ふふん、と鼻で笑う。

「当然だろうがな。こちらはこちらで、とぼけて見せた」

昌幸は信繁に腰の刀を渡し、自室に下がった。障子を開け、外の明かりを部屋に入れる。仮普請とあって庭には未だ木の一本も植えられていない。真新しい漆喰《しっくい》の白壁と土ばかりが目に入る様は静謐ながら、何とも殺風景である。

「まさに乱世よな」

ぽつりと独りごちた。この味気ない眺めこそ、今という時には相応しい。

十五年前、関白に叙任された当時の秀吉は恐ろしい男だった。徳川と争っていた真田に救いの手を差し伸べながら、その真田を出汁《だし》に使って徳川を追い詰めたのだ。

秀吉は家康の歓心を買うべく真田攻めを促し、一方では自らの生母・大政所を人質に出して上洛を求めた。応じねば、豊臣麾下《きか》の真田領を窺ったことを以て打ち滅ぼすのみ。応じたとて、先んじて真田を攻めていれば徳川に明日はない。どう転んでも損をする喧嘩を吹っ掛けられ、家康は秀吉に膝を屈した。

以後、真田は徳川の寄騎大名という立場に据えられた。秀吉によって天下の争いは収束に向かい、武田滅亡を機に成り上がろうとした昌幸の道も潰えたかに見えた。

「されど……」

人の力など脆いものだ。古来、世に現れた巨人は枚挙に暇《いとま》がない。だが昌幸が師と崇めた武田信玄《しんげん》も、風雲児・織田信長も、道半ばにして世を去っている。古くは源《みなもとの》頼朝《よりとも》でさえ、天下を真っ当に後継する跡継ぎを残せていない。

天に愛された者は、押し並べて一代限りなのだ。ならば自らが鬼籍に入った後も、天下が安寧に治まる形を作り上げねばならない。秀吉には、それだけの時が残されていなかった。

「だから待った。この時を」

屋敷の壁が作る日陰から、陽光を跳ね返す土へと目を移す。

家康の寄騎として過ごした年月は、己にとってまさに日陰の時であった。だが徳川家康——天下に名乗りを上げげんとしていた者が、あのような形で秀吉に屈したまま終わるはずがない。そう信じていた。豊臣の天下が世に示した泰平など仮のもの、いったん時を止めたに過ぎない。今こそ己は、再び日の当たる場所に出でん。

すう、と風が抜ける。昌幸は身を震わせた。

「父上」

信繁が、先に預けた刀を運んで来ていた。

「震えておられたようですが。日差しは強うござるも、まだ風は冷たい頃です。お気を付けなされませ」

昌幸は「寒くはない」と呟いて返す。

「これはな、武者震いよ」

そう続けて笑った。

秀吉の死後、豊臣を継いだのは幼少の秀頼であった。誰が実権を握るかで、五大老筆頭の家康と、五奉行のひとり石田三成の綱引きとなったが、その争いは唐突に終わった。昨慶長四年閏三月三日、大老・前田利家が逝去した日の夜に、石田邸が襲撃されたことによる。三成は先んじて屋敷を抜け出し、敵であるはずの家康に匿われて生き延びた。家康は三成を救いはしたが、世を騒がせた一方の責を問うて、国許の近江佐和山に蟄居を命じた。

その半年後、九月には家康闇討ちの騒動があった。利家の跡を継いだ大老・前田利長が首謀者とされたが、これとて本当にその動きがあったのかどうかは怪しいものだ。利長は弁明の限りを尽くして家康に屈した。

秀吉という重石《おもし》がなくなり、家康が望み続けた天下の権は目の前にぶら下がっている。石田邸襲撃も闇討ち騒動も、全て家康が仕組んだことではないかと、昌幸は疑っていた。

そして今だ。会津中納言・上杉景勝に謀叛の嫌疑が掛かったのも間が良すぎる。昌幸は確信を持って言った。

「家康は大坂を離れたいのだ」

巷間には「家康が大坂を空ければ三成が挙兵する」という噂があった。近いうちにきっと上杉討伐のため出陣となろうが、それは呼び水に過ぎない。

信繁の顔が緊張を湛えた。

「やはり、治部殿に兵を挙げさせるため」

「この国を二分して決戦に及び、勝った方が天下を取る。実に面白い。ゆえに、わしも一枚嚙んでやった」

「我らは」

信繁の言葉は、そこで止まった。家康と三成、どちらに付くのかと問うている。昌幸はにやりと笑み、何も言わずに庭へと歩を進めた。

＊

二ヵ月後の慶長五年六月十六日、家康は会津征伐の軍を起こした。

大坂を発した行軍は、何とも落ち着かぬ気配を漂わせている。昌幸は馬を進めながら、自らの手勢をざっと見回した。長く本領を離れて上方に逗留していたがゆえ、信繁の他は馬廻衆と供回りの二十人ほどしかいない。それらの者も無駄口を利くではないが、どこか浮き足立った胸の内を滲ませている。

(皆が感じているということか)

思いつつ、目を前に戻した。

豊臣への謀叛人・上杉景勝を討つという名目で起こした軍だが、上杉の別心など言い掛かりに過ぎない。その実は、近江佐和山に蟄居する石田三成を挑発するためだ。大坂や伏見にある将の多くが承知しているだろう。主筋の「決戦だ」という意気込みは末端まで伝わるものである。

「父上」

背後遠くから声が届いた。馬蹄の音が小刻みな拍子を刻んで近付いて来る。先日、大坂に入ったばかりの長子・信幸であった。

昌幸は左の肩越しに後ろを見遣り、掌をひらひらと動かした。これに従って信繁が馬を脇に寄せる。道を空けたところに信幸が進み、軽く手綱を引いて馬の足を緩めた。

轡を並べた我が子に、昌幸は穏やかに問うた。

「内府様のお傍におらんで良いのか」

「親子揃って戦に臨むのも久しぶりゆえ、共に行軍せよとのご下命です」

信幸を徳川に出仕させたのは十一年前、昌幸が家康の寄騎となった三年後だった。それが今や、昌幸とは別に徳川麾下で上野国沼田を拝領し、大名となっている。徳川家で大名家を構える地位にあるのは井伊直政や本多《ほんだ》忠勝《ただかつ》、榊原康政《さかきばらやすまさ》ら、家康の子飼いか譜代の家臣が大半で、かつて干戈を交えた者の子が大名に取り立てられるなど異例であった。この一事だけでも、如何に家康に気に入られているかが分かる。

だが、と思う。信幸への厚遇は、この真田家に楔《くさび》を打ち込むためでもあったはずだ。ならばと、昌幸は昔を懐かしむように探りを入れた。

「共に戦に臨むは、おまえの初陣以来か」

それこそ、昌幸が徳川軍を散々に叩いた神川《かんがわ》の戦い――上田合戦である。信幸は、いくらか渋い顔を見せた。

「父上は豊臣から徳川の寄騎を命じられ、それがしは徳川家臣となった身にございます。互いに精勤するのみ、そのことはもうお口になされますな」

己は家康に露ほども信用されていない。倅が寄越されたのは、何か企んでいるなら探って来いという意図であろう。尻尾を出してなるものかと、苦笑を取り繕った。

「いや、すまぬ。年を取ると古い話ばかりになるものでな。それより、信繁と話すが良い。兄弟揃って戦に臨むのは初めてだろう」

信幸が徳川家臣として別家を立てたため、豊臣麾下の大名である昌幸は信繁を跡継ぎとしていた。先に信幸が口にした「親子揃って」を「兄弟揃って」に言い換え、二つの真田家は共に戦うのだと強調してやると、信幸はようやく柔らかな笑みを見せて馬を後ろに下げ、信繁と轡を並べた。

行軍は、何日も続いた。

家康が伴った将の多くは東海《とうかい》や関東《かんとう》の大名である。それらは昌幸と同じく、在坂に当たって多くの兵を伴っていない。従って自らの所領に至ると手勢を加える。先に行くほど数が膨らむとあっては足が遅くなるのも道理だった。

それにしても、時をかけすぎである。家康の本拠・武蔵国江戸に至ったのは七月二日、馬を乗り継いで飛ばせば二日で到着する距離に、実に十六日も使っていた。江戸から自領・信濃国上田へと進みつつ、昌幸は思った。やはり、家康は三成の挙兵を待っている。

七月十九日、家康の三男・秀忠を大将とする先手の三万八千が江戸を発し、会津を指した。上田城の昌幸と信繁、沼田城の信幸にも、兵を出して秀忠に合流するよう指示が下った。

秀忠の隊は下野国に進み、宇都宮城に入っている。昌幸は信濃北東部の上田から西上野の吾妻《あがつま》へと、自領を通って千五百の軍勢を率いた。しかし吾妻は見渡す限り山ばかりの地とあって、否応なく行軍は難渋する。沼田まで出るのに一日を要し、信幸の千と合流してさらに一日、下野南端にある犬伏《いぬぶし》の地で陣を張った。

完全なる敵地では野営が常だが、いささかでも味方のある地では事情が異なる。今回の上杉攻めは豊臣家中の征伐戦という体裁のため、会津以外は全て味方である。昌幸は百姓家の離れを借り上げて陣屋としていた。

二十一日の晩、昌幸は信繁を相手に陣屋で酒を呑んでいた。もっとも、楽しむためではない。昂ぶる気持ちを抑えようというものであり、舐める程度であった。

「もし」

陣屋の外から声が聞こえた。だが、どの方向からの声か判然としない。声音からして、百姓家の主でないのは確かだ。真田の家臣や衛兵なら「申し上げます」と切り出すのが常である。そもそも、声はすれども気配がない。昌幸はぴくりと眉を動かし、信繁は傍らの刀に手をかけた。

「何奴か」

昌幸の囁きに応じるように、何かが放り込まれた。乏しい灯明が照らし出す先には、二本の紙縒《こよ》りらしきものが見て取れる。それらが飛んで来た方を見れば、八尺の高さに明かり取りがあった。夜陰を味方に付け、見張りの目を盗んで屋根にでも取り付いたのか。ならば——。

信繁が小声で問うた。

「透破にござりますな。父上が？」

昌幸は小さく頭を振った。麾下には上州透破《じょうしゅう》を抱えているが、その長、横谷左近《よこたにさこん》には特に何を命じてもいない。顎をしゃくって見せると、信繁は眼差しだけで頷き、二本の紙縒りを取って戻った。

親子で膝を詰め、ひとつずつ開いていく。記された文言を検めるほどに、昌幸の顔はじわりと紅潮していった。

「誰かある」

大声を上げる。陣屋の外で見張りのひとりが「お待ちを」と発して走り去り、少しの後に誰かを伴って戻った。

「河原綱家《かわはらつないえ》、これに」

聞き慣れた家臣の声に頷き、昌幸は静かに、しかし峻厳に命じた。

「急ぎ、信幸をこれに呼べ」

河原は「はっ」と応じ、すぐに駆け出していった。

それから半時（約一時間）足らずで信幸が引き戸を開け、一礼して中に入った。導いて来た河原が戸を閉めているところへ、昌幸は命じた。

「人を払え。わしが良いと言うまで誰ひとり部屋に入ってはならぬ。加えてこの陣屋から二十間（一間は約一・八メートル）の内には、何人《なんぴと》たりとて入れぬように」

「心得ました」

引き戸が閉められ、足音が遠ざかる。静まり返るのを待ち、信幸に向けて囁いた。

「斯様な書状が参っておる」

先の紙縒りである。信幸が目を落とし、口の中でぶつぶつと呟くように読み始めた。

「急度《きつと》申し入れ候。今度景勝発向の儀、内府公上巻の誓紙ならびに太閤様御置目《おきめ》に背かれ、秀頼様見捨てられ」

そこまでで、信幸はがばと顔を上げた。

「これは」

声が震えている。さもあろうと、昌幸はゆっくり頷いた。

この度の上杉征伐は、秀吉の遺言とそれに対する誓紙に背くものである。家康は秀頼を見捨てて出馬した。別途「内府ちがいの条々」として家康の不忠を示してある。これをもっとものことと思い、秀吉の恩を忘れておらぬ者は秀頼への忠節を示すように——そう記されている。書状は長束正家、増田長盛、前田玄以《げんい》の連名で発せられているが、誰が何をどう動かしたのかは明らかであった。

昌幸は挑む眼差しを向けた。

「我らは内府様に付くか、石田治部殿に付くかを決めねばならぬ」

信幸と信繁は共に固唾を呑んだが、それぞれに意味合いは異なっている。信幸が掠れ声で応じた。

「どちらに付くか……とは。父上は徳川の寄騎、それがしは徳川の家臣なのですぞ。大坂を出る時にも申し――」

「そうよな。つまり家康は、わしを疑っておるということだ」

我が子の言を遮り、眼差しで語った。あの時、おまえが俺の肚を探るつもりだったとは思わない。しかし家康が何を思っておまえを寄越したかは分かるだろう、と。

信幸は俯き加減に目を逸らして発した。

「信繁。おまえはどう思うのだ。わしと共に戦うことを喜んでおったろうに」

話の矛先を向けられ、戦の場数を踏んでいない信繁は苦しそうに吐き出した。

「それがしは太閤殿下のご恩を深く感じております。かつて真田を救ってくださったことも、それがしを重くお取り立てくださったことも……。治部殿が兵を挙げられたなら、我が舅《しゅうと》、大谷刑部《おおたにぎょうぶ》殿も同心しておられるかと」

信幸は固く目を瞑り、踏ん切りを付けたように、かっと見開いた。

「父上も縁故を重んじると仰せですか」

昌幸の正室、信幸と信繁の生母は、三成の正室の姉である。つまり昌幸は三成の義兄に、信幸と信繁は三成の甥に当たる。問われて昌幸は目を閉じた。しばし何も言わず、我が子二人の話を嚙み締めるように二度、三度と頷く。

そして、笑った。

静かに、くすくすと。次第に肩を揺すり、閉じていた目を薄っすらと開く。

「縁故か。くだらぬな」

信幸と信繁の胸中は違うものだったろう。しかし、このひと言を聞いて全く同じ面持ちを見せた。昌幸は鎧下の懐に忍ばせたものを取り出し、ぎょっとした顔の二人の膝元に叩き付けた。

「化け札……」

信幸が、ぼそりと発した。

ポルトガル人が遊興や賭けごとに使う札を模し、日本で作られた加留多がある。その中には西洋のものにはない、日本独自の一枚が加えられていた。化け札——鬼札、幽霊札とも呼ばれる一枚には薄墨で幽霊が描かれており、他の全ての札に代えて使える。

武田が滅んでからの真田は、織田、北条、徳川、上杉、豊臣と主家を変えた。まさにこの化け札の如く、変幻自在に立ち回って力を蓄えてきたのだ。

昌幸は信幸に向け、心底からの問いを発した。

「人を信じるとはどういうことか。おまえには、しっかりと教えたはずだ」

誰かを信じるか否かに於いて、人はどうしても好き嫌いや義理人情を差し挟む。縁故はその最たるものだ。だが、信じるとは左様にあやふやなものではない。相手がどれだけの力量を持ち、何を重んじるかを知り抜き、その上で同じ立場に身を置いて考えれば、その人がどう動くかを確信できる。これが分かってこその「信じる」ということなのだ。

それを諭したのは何年前だろう。武田が滅び、織田信長が本能寺《ほんのうじ》に横死した後の混乱を生き延びるため、真田が主家を転々としていた頃だ。さあ考えよ。この父が何を重んじるか。

信幸は声を震わせながら、得心したように発した。

「父上は……世を化かすお人でしたな」

我が意を得たり。昌幸は眼差し厳しく頷いた。

「家康は、わしを寄騎に従えて十余年、なお信用しておらぬ。真田昌幸という男を知り尽くしながら、どうしても散々に煮え湯を飲まされたことを忘れられぬのだろう。だが、人としては全く正しい。おまえたちも同じじよな。信繁は太閤殿下のご恩と、舅御のくびきに縛られておる。信幸は小松《こまつ》殿だ」

小松殿は徳川四天王に数えられる本多忠勝の娘である。それを家康が養女に取り、信幸の正室として宛がっていた。そのことを言うと、信幸は身を乗り出した。

「それがしは」

「待て」

静かな言葉で応酬して黙らせ、昌幸は「はあ」と溜息をついた。

「信幸、信繁。父の贔屓目《ひいきめ》を除いても、おまえたち二人には天下に誇れる才がある」

信幸は戦場での臨機応変に長けている。かつての上田合戦でも、逃げ崩れる徳川軍をどう追い散らすかの判断が見事であった。この戦上手は家康でさえ認めている。

信繁は松井田《まついだ》城攻め——小田原に北条氏を攻めた戦の一環で初陣を果たし、その後は戦場に出ていない。しかしこの初陣で手柄を挙げた。物見を命じられて五十を率い、敵の伏せ勢八百に囲まれながら、十六倍の数をものともせず散々に蹴散らして帰って来たのだ。共に城攻めを命じられた前田利家や上杉景勝が激賞するほどの統率と猛勇であった。

寸時の沈黙を破り、静かに「加えて」と言葉を継いだ。

「信幸は何ごとにも物堅く素直、信繁は義に篤く心根が優しい。わしにないものを持っているのだ。家康と太閤殿下、それぞれが気に入るだろうことは見越しておった」

信繁が愕然とした顔を見せた。

「然らば、我らを徳川と豊臣に分けて出仕させたのは」

「徳川と豊臣は所詮、相容れぬ間柄よ。両家を化かして真田が成り上がるためにな。

……治部殿との縁故があるなら、それとて利用するのみ。わしが向こうに付いても頷く者は多かろう」

誰も、何も発しない。

しばし流れた無言の時に耐えかねたように、信幸が声を搾り出した。

「確かに父上は、徳川から格段の恩を受けた訳では……。されど今まで寄騎として従ってこられたのです。此度もお味方するのが筋ではござりませぬか」

昌幸は、ふうわりと笑った。

「否とよ。わしも五十四を数えた。そしてな、恐らくこの一戦で乱世は本当に終わる。これが成り上がりの最後の機会ぞ。夢を見させてくれても良かろう」

二人の子が同じ眼差しを寄越してきた。勝算はあるのかと。昌幸は笑顔のままで、首を横に振った。

「どちらが勝つかはまだ分からん。が……治部殿は嫌われておるからな、家康にはより多くの利があろう。だからこそ、わしは治部殿に付く。勝てば真田は力を得るだろうよ」

信幸が、ごくりと唾を呑んだ。

「内府様が勝てば」

「そのための、おまえだ。治部殿が負けた時、何をすれば良いか。わしが何をして欲しいと願うか。信幸……おまえには分かるであろう」

顔を強張らせた我が子の肩を、昌幸は強く叩いた。

＊

昌幸は翌朝に陣を払うと、昼過ぎには兵を率いて犬伏を離れた。遠からず家康が兵を寄越してくるだろうからには、一刻も早く本領・上田に戻らねばならない。とは言え、元々が丸二日をかけて行軍した道である。道中、信幸の居城・沼田に至った頃には七月二十三日の夕刻となっていた。昌幸は城下町の外に軍兵を留め、城に使者を送って入城を求めた。

それから一時（約二時間）ほど、秋の虫が声を聞かせる頃に、信繁が陣幕を訪ねて来た。いくらか訝しげな面持ちで「御免」と頭を下げる。

昌幸は陣幕の奥にある自らの床机に座り、入り口のすぐ右に立て掛けられたもうひとつの床机を指し示すと、人差し指をちょい、ちょいと動かしながら問うた。

「何用か」

信繁は先に示された床机を持ち、こちらと半間を隔てて設え、腰を下ろした。

「急がねばならぬのでしょう。沼田に入っている暇など、ないのでは」

信繁には、今ここで沼田入城を求める真意が分からぬらしい。無理もない、戦という無情なるものの場数を踏んでいないのだ。昌幸は子の問いに答えず、代わりに別の問いを投げ掛けた。

「楠《くすのき》流は学んでおるか」

跡継ぎと認めるがゆえ、自身が範とする楠流軍学を会得するように申し渡してある。信繁は面持ちになお怪訝なものを浮かべて「はあ」と頷いた。

「折に触れて書物を読み、戦場に思いを巡らしております」

「ならばこの戦、如何にすれば良いと見る」

信繁は目を伏せ、ぶつぶつと漏らした。

「必ず以て人の心を奪う……」

相手の心を読んで最も嫌がることをせよ、という楠流の奥儀である。そのまま沈思することしばし、やがて目を開いて真っすぐにこちらを見た。

「上田城下に仕掛けを施し、伏せ勢を紛れさせ、徳川の軍兵を痛打することかと。城攻めに至っては城下に火をかけるのが常道ですが、何らかの呼び水を以てその暇をなくし、なし崩しに戦いが始まるように仕向けるべしと存じます。かつて同じ上田で、同じように捻られたことを思い出させるのです。大敗の轍を踏んだとあらば、徳川の面目は丸潰れになりましょう。意気を挫《くじ》かれるは必定にて、治部殿の本隊と戦う頃には烏合の衆と化するに相違ございませぬ」

だからこそ早く上田に戻って支度をせねば、と目が語っている。

信繁の献策は正しい。当の昌幸も、徳川の軍兵を迎え撃つに於いては全く同じことを考えていた。だが、大きく首を横に振る。

「その戦ではない」

「は？」

何をどう判じて良いのか、という顔である。昌幸は「まず」と発したが、それはすぐに遮られた。

「申し上げます。沼田への遣いから戻りましてござります」

使者として送った者が陣幕の外に跪《ひざまず》いていた。信繁との話を中断して「入れ」と促すと、使者は父子が膝を詰める脇に一間を隔てて再び片膝を突いた。

「沼田への入城は、ならぬとの由にござりました」

「ほう」

昌幸は目を丸くして、詳しくを報じさせた。

使者に応対したのは、信幸が城の備えに残した留守居《るすい》の将ではなく、正室・小松殿であったという。女の身ながら緋糸縅《ひいとおどし》の具足を纏い、薙刀《なぎなた》を片手に使者を引見したそうだ。

「小松のお方様は、なぜ家康公を見捨てて帰陣されるのかとお尋ねになられました。それがしは殿に従う身にて訳は知らぬとお答えしましたら、今度は、伊豆守《いずのかみ》様はどうされたのかと」

伊豆守――信幸が家康に従った旨を伝えると、小松殿はそれまでの険しい面持ちを緩め、心から安堵したのか、柔らかな声音で言ったそうだ。

「女といえど城の留守を預かっているからには、如何に舅とはいえ理由もなく城に入れることはいたし兼ねます、と。佇まいばかりか、お言葉まで丁寧なものに変わっておられまして。これならと思い、若君たちの顔を見たいという殿のご存念もお伝えしたのですが」

役目を果たすことができなかったと、使者は恐縮していた。だが昌幸は手を叩いて大笑し、この使者を咎めることなく下がらせた。

陣幕の内が再び父子のみになると、信繁は呆れたように問うた。

「兄上の子らに会いたいがために、これほどお待ちあられたのですか」

昌幸は具足の胸から化け札を取り出し、信繁の頭をぺしりとやった。

「この戦は、わしの負けだ」

すると、瞬時に倅の顔つきが変わった。この戦を如何にすれば良いかという、先の問いの真意を悟ったようであった。

「……もう、兄上とも敵同士なのですな」

信繁は呟き、次いでぎらりと目を光らせた。

「それがしが甘《あも》うござりました。以後、戦場では私心を滅するのみ」

この甘さは信繁の美点である。それを捨てねばならぬ場があると胸に刻んだ今、再び同じ過ちを繰り返すことはあるまい。昌幸は満足して頷きつつ、ふう、と感嘆の溜息を漏らした。

「小松殿は、さすがに本多忠勝の娘よな。斯様な嫁がおっては、信幸が家康に付いたのも無理からぬことであろう。まあ……そうでなくとも真田は二つに分けるつもりだったが」

あわよくば沼田城を乗っ取ってやろうと思っていた。必ず以て人の心を奪う。相手の心を読んで最も嫌がることをするなら、戦の始まる前から出鼻を挫くのが最善なのだ。

どうやら、それはできそうにない。翌朝には上田へと発つことを決め、昌幸は夜のうちに兵をまとめて朝を待った。

ところが空が白み始める少し前、陣幕の外で伝令が呼ばわった。

「申し上げます。沼田からご使者が参られておりますが」

「使者だと？」

　こちらが退くことは、昨晩からの陣払いで承知しているだろうに。訝しく思って仔細を問うてみると、何と使者は女であるという。

「女の身で殿の御前に出るのは憚られると申しますもので、言伝を。小松のお方様が沼田城下の正覚寺《しょうがくじ》に入られ、殿へのお目通りを願っているとのこと」

　正直なところ、驚いた。既に互いを敵と認めているのに、何の用があると言うのか。

「父上」

　黎明の騒ぎを耳にしたか、信繁が駆け付けた。

「ただ今の話、漏れ聞こえ申した。行ってはなりませぬ。父上を誘き出して討とうという算段やも知れませせぬぞ」

　信繁の言にも一理ある。だが、そこで伝令が「しばらく」と口を挟んだ。

「使者の女によれば、お方様は伊豆守様の若君をお連れになっているとのこと」

　昨日、こちらから使者を立てて申し送った話を真に受けているのだろうか。

「ますます怪しい。父上、それがしが城下に火をかけ、炙り出して——」

「待て」

　昌幸は右の掌を向けて制した。

　小松殿は、沼田を奪おうという思惑を読んだほどの慧眼である。だとすれば百戦練磨の舅、家康すら手玉に取ったこの真田昌幸と戦って勝てるなどと己惚《うぬぼ》れてはおるまい。

その上で思う。倅の嫁は何を重んじるのだろう。知れたこと、自らの夫たる信幸が最後まで家康に忠節を示すのを望んでいる。

相手の力量を知り、何を重んじるかを知り、そして同じ立場に身を置く。己に女心は分からぬがゆえ半信半疑だが、昨日立てた使者の復命が重い。信幸が家康に従ったと知るや、小松殿は険悪な態度を一変させ、女らしい優しさを見せた。

これが何を意味するのか。しばし沈思した後、意を決して頷いた。

「参ろう。信繁、供をせい」

昌幸は、小松殿を信じた。そして渋る信繁を宥め、連れ立って正覚寺へと向かった。

果たして、寺には小松殿を警護する兵が二十ほどいるだけであった。昌幸父子は馬廻衆を門前に残し、住職に導かれて、本堂に支度された一室へと入った。

そこには、ひとりの敵もいなかった。

小松殿は飾り気のない楚々《そそ》とした着物に身を包んでいる。傍らには六歳を数えた信《のぶ》吉《よし》、後ろには未だ四歳の信政《のぶまさ》と昨年生まれたばかりの信重《のぶしげ》、それぞれを抱く二人の侍女の姿があった。

それらが揃って頭を下げる中、昌幸は皆の正面に腰を下ろした。右後ろに信繁が控えるのを待って、のんびりと発する。

「面を上げられよ」

信吉と二人の侍女、そして小松殿が顔を上げた。

「義父上《ちちうえ》、お久しゅうございます」

やや丸めの瓜実顔《うりざね》に鈴を張ったような目、慎ましく引き締まった唇は少し厚い。徳川四天王の猛将・本多忠勝からは想像できぬ美貌は、齢二十八となっても色褪《いろあ》せることはなかった。

小松殿が母としての顔を信吉に向けて「ほれ」と促す。

「お祖父《じい》様」

嬉しそうな孫の声を聞き、思わず顔が綻んだ。昌幸は柔らかく発した。

「我が願いを聞き入れてくれたこと、有難く思うぞ」

「いいえ。この子たちと義父上の間柄は、終生変わりませぬゆえ」

発して、小松殿は何とも悲しそうなものを眼差しに映した。

「義父上が何を思い、家康公から離れられたのかは……」

かつて徳川と真田が戦を構えた際、小松殿は十三歳であった。当然、覚えていよう。そして承知している。豊臣と徳川が相容れぬように、己と家康もまた相容れぬ存在なのだと。言葉を濁したのはそのためだ。

「お聞かせしなければ、ならぬかな」

昌幸が控えめに問うと、小松殿は小さく「いえ」と返し、大きな目を潤ませた。

「義父上とこの子らが、いつまでも祖父と孫であるのと同じこと、我が夫と義父上、そして信繁様の繋がりは決して切れないと信じております。敵味方に分かれたのを嘆かずにはおられませぬが……もし家康公が負けることがあっても、わたくしは必ず夫や子と共に生き延びる所存です。義父上、信繁様も、同じことをお約束くださいませ」

最後に両目からひと筋ずつの涙を落とし、小松殿は平伏した。

「良くできた嫁じゃ。信幸は果報者よな。なればこそ、わしも肚を括れるというものよ」

熱いものが胸にこみ上げた。この気持ちは、嘘ではない。

縁故などくだらぬ。そう思う。しかしそれは「将としての己」が思うに過ぎぬのだと悟った。

＊

昌幸は上田城に戻ると、八月一杯をかけて城の守りを固めた。土塁に低いところがあれば土を盛り、弱いところがあれば修繕する。城門は閂《かんぬき》を二重にし、門外には足止めの柵を立てた。

この頃になると、徳川軍の動きも報じられるようになった。家康は当初の目的——会津征伐という口実を翻し、上方で挙兵した石田三成を討つべく軍を反転させたという。まずは豊臣恩顧から転じた者たちに軍目付の井伊直政と本多忠勝を付け、先鋒隊を尾張に遣ったそうだ。

そして八月の末、上田城に早馬が駆け込んだ。本丸館の庭に跪いた将は上州透破の長・横谷左近であった。物見に出した透破をひとり伴っている。

「去る二十四日、徳川秀忠率いる三万八千が下野国宇都宮を発しました。石田治部殿と雌雄を決するべく、東山道を上っておりまする」

「陣容は」

昌幸が問うと、横谷は傍らの透破に「おい」と小さく声をかける。透破は鋭く一礼し、探ってきたことを報じた。

「旗印から見ますに、徳川譜代が多うございます。それと、その……六文銭の旗も」

昌幸は「ふむ」と目を丸くし、次いで含み笑いを漏らした。

「家康め、追って自ら動くと見ておったが、跡継ぎに手柄を立てさせんとしておるとは甘いことよ。ならば、徳川に勝たせぬよう仕向けられる」

透破の言を聞く限り、秀忠隊には錚々たる名が連なっている。青山忠成《あおやまただなり》、大久保忠佐《おおくぼただすけ》、大久保忠隣《ただちか》、牧野康成《まきのやすなり》、酒井家次《さかいいえつぐ》、榊原康政、本多正信《まさのぶ》、そして我が子・真田信幸、即ちこれが徳川の本隊なのだ。

背後に控えていた信繁が「父上」と驚きの声を上げた。

「秀忠を痛め付け、決戦の場に遅参させるおつもりなのですか」

昌幸はにんまりと頷いた。

「そうなれば、この戦は豊臣家中の諍《いさか》いを超えるものにはならん」

秀忠とは別に、家康も二万や三万は率いて行くだろう。しかし主立った将を全て秀忠隊に付けているなら、家康隊は旗本の寄せ集めにならざるを得ない。

先鋒を「先備え」と呼び、中段を「中備え」、後詰を「後備え」と呼ぶように、戦というのは備え、つまり守りに考え方の基を置く。寄せ集めでは備えを組めないのだ。秀忠が遅参すれば、徳川は決戦の場で何もできず、豊臣恩顧の者だけで三成と戦うことになろう。その上で勝ったとしたら、家康の権勢はかえって減じてしまう。

「されど父上、敵は三万八千ですぞ。我らは二千、籠城したとて……敵が五千も残して素通りしてしまえば、この策は潰えますが」

信繁の懸念も、もっともである。しかし昌幸は目に喜悦《きえつ》を湛えて返した。

「戦に持ち込む算段はある。それに、綱重《つなしげ》も上田に向かっておるしな」

池田綱重――策には疎いが、戦場での呼吸を知ること家中随一の将である。昌幸に従って伏見に上り、会津征伐軍が発せられてからも留まっていたが、徳川の重鎮・鳥《と》居《り》元《い》忠《もとただ》が伏見城を押さえていたとあって先まで釘付けにされていた。しかし一ヵ月ほど前、三成が伏見城を攻め落としたために脱することができた。

父子の言葉を黙って聞いていた横谷が口を挟んだ。

「池田殿に任せるとあらば、奇襲にござりますか。されど十五年前、徳川は上田城下に火を掛けずに攻め寄せて苦杯を舐めております。同じ轍は踏みますまい。上田は平城にござれば、町を焼かれてしまえば伏せ勢も置けませぬが」

昌幸は「大事ない」と胸を張った。

「城下を焼かせぬようにする策も講じてある。ついては」

館の縁側から庭へと進み、耳打ちする。横谷はさも嫌そうに発した。

「またですか」

「またただ。伝えておけ」

横谷は渋い顔で頷いた。

八月三十日、秀忠率いる大軍が碓氷峠《うすいとうげ》を前に陣張りしたと注進があった。もう二日ほどで、隣郡・佐久《さく》の小諸《こもろ》城に入るだろう。これを受けて昌幸は北東の戸石《といし》城に信繁を入れて守らせ、上田城には民百姓を迎え入れた。町衆や百姓は戦になれば逃げ散って、騒ぎが治まるまで息を潜めるのが常である。だが上田では違った。かつて昌幸が徳川の大軍を鮮やかに退けたことを覚えているからだ。

「あのう」

横谷に連れられて庭に進んだ間抜け面が、ぼんやりと発した。昌幸は破顔して、居室から縁側まで駆け出した。

「来たか、新平《しんぺい》」

当年取って三十七、未だ独り身で、上田領内で畑を作る者であった。だが、ただの百姓ではない。神川の戦い――先の上田合戦では足りぬ兵を補うため百姓にも槍を持たせたが、新平はこの百姓兵を率いて戦勝に大きく貢献した。

「お役目ら？　うら、何すれば」

「此度の戦を決める役回りだ」

新平は顔を強張らせた。

「うらに務まりますんけ。昔の戦より、もっと大変じゃって聞いちょりますが」

昌幸は「はは」と笑った。

「なに、大したことはせんでもいい。陣笠を被って町家の屋根に登り、徳川の兵が来たら、ちらちらと頭のものを覗かせてやるだけだ。米を大俵で十俵やる。どうだ」

「十俵！」

新平は素っ頓狂な声を上げ、小刻みに何度も頷いている。傍らに立つ横谷が、不安そうにこちらを見た。

「本当に任せるおつもりで？」

「もちろんだ」

十五年前の戦いでも、新平の率いる百姓兵は十全に働いた。緒戦にひと当たりして偽って敗走し、徳川軍を驕らせて一気に城下へと踏み込ませ、伏兵の餌食とした。戦に際しての百姓は、烏合の衆でしかない。それを兵として統御した天与の資質がある。加えて新平は、撤退する徳川軍に厳しい追い討ちを仕掛けた。

「如何に相手が及び腰でも、駄目を押すには頃合を計る必要がある。こやつは、そういう間の取り方は上手い」

端武者などでは及びも付かぬ「呼吸の妙」こそ、今回の戦で新平に求めるものであった。

そこへ、騒がしい大声が駆け込んで来た。

「殿、殿！　池田綱重、伏見より生きて戻り」

池田の声は、新平を見たことで止まった。呆気に取られて立ち尽くしている。

昌幸は喜んで庭に降り、池田の肩を強く叩いた。

がって陽光を跳ね返している。昌幸はその頭をぺたぺたと触りながら応じた。

「ぽかん、とした顔が向けられた。昔は薄いながら髪があったものの、今は禿げ上

「あの、殿。どうして新平が？」

「待っておったぞ」

「おまえと共に働いてもらうためだ。懐かしかろう」

するると、横谷がくすくすと笑った。

「武田が滅んでから……生き残り、成り上がるために、我らは必死でした。されど、あの頃は楽しゅうございましたな」

昌幸は大きく首を横に振り、声音に力を込めて言った。

「此度はもっと楽しくなろう。皆、存分に働けよ」

横谷が頷く。新平が、にたにたと笑いながら池田を見る。その池田が、長旅を終えたばかりの疲れた顔に苦笑を浮かべた。

九月三日、昌幸は上田東方、神川西岸の信濃国分寺《こくぶんじ》に出向いた。前日に小諸に入った秀忠から使者が寄越されたためである。

「真田安房守《あわのかみ》昌幸にござる」

遣わされたのは遠山九郎兵衛《とおやまくろべえ》、並びに坂巻夕庵法印《さかまきせきあんほういん》であった。

「お久しゅうございますな」

夕庵が静かに発した。信繁が幼少の頃に師事していた禅僧で、昌幸とも親しい。

「此度は」

遠山が後を引き取って切り出した。だが、そのまま何も発しない。昌幸は頷いて返した。

「秀忠公に降れと」

夕庵が柔らかく頷く傍ら、遠山はじろりと睨む目を向けてきた。

「此度の別心、もしや不満があるのではないかと。されど其許は上田に加え、伊那《いな》郡にも所領を遣わされておる。加えて長子・伊豆守も家康公のご養女を娶り、あまつさえ、忝《かたじけな》くも大名に据えられておるのだ。不平や恨みごとなど思い付かぬところだが、もし存念あらば申されよ。改めて味方すると申すなら、本領安堵の上に恩賞を加えると、家康公の思《おぼ》し召しである」

昌幸は目を伏せて俯いた。

武田が滅んだ後、真田は吹けば飛ぶような小勢であった。己は大国の思惑に左右されぬだけの力を得るため、上杉を騙し、北条を手玉に取り、徳川に従ってなお化かすことを考えた。家康はそれを承知しつつ、最後の最後まで戦に訴えようとはしなかった。

なぜか。

答はひとつ。家康が真田を、この己を恐れていたからだ。謀を巡らし、戦場で奇手奇策を繰り出す千変万化の「化け札」を。

そして今、こうして懐柔せんとしている。家康は真田昌幸という存在への所見を何ひとつ変えていない。ならば降ったとて、いずれ厳しい沙汰があろう。そもそも己は本領安堵や恩賞が目当てで動いているのではない。世を化かし、成り上がる。その最後の機会だからこそ、大博打を打っているのだ。

「まこと、有難き思し召しと存じます」

昌幸は目を開け、遠山を真っすぐに見据えて発した。

「家臣に諮り、改めてお答え申し上げましょう。良きご返答ができるものと存じます」

遠山は、張り詰めていたものが一気に解れたように、大きく息を吐いた。夕庵は変わらぬ微笑のまま、二度、三度と満足そうに頷いていた。

城へ戻るに当たって、昌幸は上田原《うえだはら》を広く見回した。あちこちに徳川軍の陣所が点在している中、国分寺から四里（一里は約六百五十メートル）ほど北か、戸石城のある太郎山《たろうやま》の手前に布陣する軍兵が見えた。六文銭の大旗が翻っている。信幸であった。

城に戻ると、昌幸はまず池田綱重と横谷左近を居室に呼び、国分寺でのことを伝えた。

池田は、いくらか呆れたような目を見せた。

「殿のことです。聞き入れるおつもりなど、ござらぬのでしょう」

さすがに良く分かっている。昌幸も、にやにやと応じた。

「まあな。ついては左近」

「はっ」

軽く頭を下げた横谷に向け、手短に命じた。

「手の者を出し、信繁に伝えよ。信幸とは戦わず、戸石を捨てて上田まで退くようにと。これを渡すが良い」

懐から書状を取り出し、横谷に渡す。すると池田が「おお」と声を揺らした。

「徳川とは戦を構えるおつもりなれど、伊豆守様には手柄を立てさせようと……これぞ親の情と申すもの。殿が左様なことをお考えあられるとは」

感涙を浮かべている。昌幸は口元を歪めるのみであった。

会談の後、上田城はさらに守りを固めた。城下に柵や逆茂木《さかもぎ》を増やし、城内の櫓に矢玉を配する。国分寺からの帰路で敵陣の位置を確認し、どこにどう備えを施せば良いかは分かっていた。遠山と夕庵——秀忠への返答は捨て置いていた。

すると九月六日の夕刻、上田城に夕庵が寄越された。返答が遅い、というものである。昌幸は広間に迎えて丁重に頭を下げた。

「これは失礼した」

そして、ぱんぱんと手を叩いて小姓を呼び、文箱を持たせた。紙にさらさらと筆を走らせ、折り畳んで夕庵に渡す。

「ご返答の儀、こちらに」

夕庵は安堵した顔で受け取り、広間を辞する。その背を見送りつつ、昌幸はにやりと笑った。

返答を引き延ばしたのは、戦支度に不足があったためである。今や万端整ったゆえ、ただ今より兵を差し向ける。用意して待て。

それが夕庵に渡した書状の中身であった。

*

相手が家康なら、あの程度の挑発には乗らなかったろう。だが秀忠は未だ二十二を数えたばかり、しかもこれが初陣だというのに徳川本隊の大将を任せられている。家康に対する面目を施すことが何よりも重いはずだ。

思いつつ九月八日の朝、昌幸は上田城の櫓に登る。この十五年で城下町を広げ、以前よりも遠くに目を凝らさねばならない。だが東方三里、染屋の地に翻る葵《あおい》の紋の大将旗は目を凝らさずとも見て取れた。これぞ秀忠の本陣である。

「やはり来おった」

上田城の東、大手門から城下町の末端までは一里半ほど、染屋との間には田畑がある。米の刈り入れを終えた今は、冬場に向けて青物を作る畑がちらほら見える程度で、土色の方がずっと多い。その中に人ひとりが紛れ込んだのなら、見落とすこともあるだろう。だが軍兵となれば話は別である。千曲《ちくま》川沿いの街道は、黒塗りの具足や陣笠でびっしり埋め尽くされていた。

「烽火《のろし》！」

櫓の下に控えた横谷に命じる。透破の手によって、すぐに煙が上がった。

再び城下に目を戻す。思えばかつての戦いも、緒戦の戦況をこうして確かめたものだ。あの時は叔父・矢沢綱頼《やざわつなより》が傍らにいたが、彼の人は三年前に鬼籍に入っている。その子、昌幸の従弟に当たる矢沢頼康《よりやす》は信幸に付けて徳川に出仕させていた。もう、信繁を退かせた戸石城に入っているだろう。寂しく思う反面、信幸や頼康と戦わずに済むことには安堵していた。

眺め続けることしばし、寄せ手の兵が城下まで一里足らずの辺りに近付いた頃、町の東端にある屋根の上で、ちかちか光るものがあった。新平である。屋根の上で腰を低く歩き、頭に戴いた陣笠を時折覗かせて陽光を跳ね返していた。

徳川方も今の光景を見ていることだろう。どう出るか。

「……よし」

昌幸は、ほくそ笑んだ。

上田城を指していた軍兵は、城下まで半里ほどの辺りで足を止めた。新平の陣笠を目にして、城下に伏兵があると警戒したのだ。実際、池田に二百の兵を付けて裏路地に潜ませている。本来なら秘匿すべき伏兵を、昌幸は敢えて敵方に知らせた。

(これが家康なら)

伏兵があろうとなかろうと、問答無用で城下を焼き払うはずだ。だが秀忠は、きっとそうするまい。夕庵に渡した書状で挑発したことが、ここで生きてくる。

秀忠は徳川本隊の三万八千を任せられており、また上田城に兵が二千ほどしかいないのを知っている。その上で愚弄された。体面に拘るならば、恐らく——。

「ふふ……。はは、ははは！　こうまで、こちらの思惑どおりに動くとは」

昌幸は櫓の上で腹を抱えて笑った。足を止めた徳川軍から、城下の周囲に広がる畑へと人が出されていた。それも兵ではない。雑用番として帯同した賦役の百姓衆が、まばらな緑に群がっている。刈田働きであった。

城の目前で田畑を荒らすのは、挑発の常道である。愚弄されたままでは面目を失うと判じたのだろう、秀忠は意趣返しをしている。

「半左衛門《はんざえもん》、行け」

「御意！」

鋭く返事を寄越し、青木《あおき》半左衛門が百の足軽を率いて城を出た。大手門前の柵を縫い、東へと続く目抜き通りを進んで行く。そして城下を駆け抜けると、刈田働きの者共に襲い掛かった。

昌幸は、せせら笑いながらこれを眺めた。

「さあ、どうする。自ら連れて来た領民ぞ。見殺しにはするまいな」

青木の百が上田原に出ると、案の定、寄せ手の兵が動いた。旗印の「丸に三つ柏」は、牧野康成だろうか。ざっと五百、否、七百ほどがこちらの足軽隊を指して押し寄せている。

「百ぐらいの数、苦もなく蹴散らすだろう」

青木と百の足軽は数の不利を堪えて奮戦していたが、案の定、一刻（約三十分）と少しで崩れ、城下の目抜き通りを敗走して来た。その背後を、牧野隊が追いすがる。

「掛かったな」

昌幸は、にやりと口元を動かした。

徳川の将兵にも十五年前を覚えている者は多いはずだ。もし何もせぬまま迎え撃ったなら、軍目付の本多正信辺りが城下に火を放たせたに違いない。

だからこそ、先んじて秀忠を挑発した。その上で伏兵の備えを匂わせれば、必ず何かしらの意趣返しを試みると睨んでいた。愚弄されたままで終わる訳にはいかないという、秀忠の若い誇りを突いてやったのだ。もっとも、彼我の軍は数の違いがあり過ぎる。徳川方の誰もが、こちらが挑発に乗るとは思わなかったろう。

しかし、甘い。城から兵を出してやれば、戦はなし崩しに始まってしまう。十五年前の轍を踏ませるために敢えて挑発させ、わざとそれに乗ってやったのだ。

「左近！」

櫓の下に向けて声を上げると、横谷が百を従えて大手門から半町（一町は約百九メートル）内側に広がった。

やがて、退いて来た青木隊を迎え入れるために城門が開かれる。寄せ手の兵はこれを幸いと、我先に詰めかけた。

そこへ——。

「伏せい」

昌幸の大声に応じ、逃げ戻った青木隊が揃って屈み込む。

「放て」

遮るものがなくなったところへ、横谷率いる鉄砲隊が斉射を加えた。

「わわっ」

「う……」

「ひい」

狭い門に固まった格好の徳川方は、鉄砲の待ち伏せを避ける術がない。十、二十と斃《たお》れる味方を目の当たりにして、詰め掛けた勢いを急激に止めた。寄せ手の後続はなお数を増しているが、先頭は怯んで退こうとし、人波がぶつかり合っている。瞬時に川を逆流させたような醜態に狙いを付け、二度めの鉄砲が放たれた。

「信繁、暴れて来い！」

「おう」

昌幸の下知が飛ぶと、横谷の鉄砲兵がざっと左右に分かれる。そうしてできた道を、信繁が徒歩で駆け抜けた。

四十二間の筋兜、手甲に六文銭の据金物を打った二枚胴具足が、朱塗りの十文字槍を引っ提げて走る。四百の徒歩兵がこれに従い、門の内から突いて出た。

初陣の時、たったの五十で八百を蹴散らした武勇には、父である己でさえ舌を巻いたほどだ。策に嵌《は》められて動揺した兵など、荒ぶる信繁の敵ではあるまい。

「良い敵はないか」

案の定、信繁は呼ばわりながら、牧野隊の兵を次々と薙ぎ払ってゆく。昌幸はこの様子を見て小さく頷いた。大手門前は、しばし任せておけば良かろう。

再び、遠く城下の東端に目を向ける。

烽火が上がっていた。新平である。

(勝った)

思う間もなく、遠くに鉄砲の音がこだまする。徳川方が後ろから崩れ始めた。

新平の烽火は、敵の一団が全て城下に踏み込んだことを報せるものだった。先んじて城下の裏路地に伏せていた池田がこれを見て、敵の背後から襲い掛かっていた。

徳川方は前後から崩されて逃げ始め、入り組んだ路地に紛れ込んでいった。十五年前の戦では長く時をかけて路地口も塞いでいたが、此度は犬伏で信幸と別れてから一ヵ月余、それだけの仕掛けを施す余裕はなかった。

昌幸は少しでも多くの敵兵を討つべく、自らも三百を率いて城を出た。信繁の猛攻でほとんど壊滅していた牧野隊は、城方の増援が出たことで総崩れの体となった。

「追い討ちをかけぃ」

信繁隊の四百、横谷隊の百と共に徳川方を追いながら城下を東へ進む。途中で池田隊二百も合流し、総勢千で上田原に出た。牧野隊の壊走を知り、徳川方の陣所はどこも蜂の巣を突いたような騒ぎになっていた。

喧騒の中、大声で呼ばわった。

「信繁。信繁やある」

「父上、これに」

徒歩のままの信繁が、背後から駆け寄る。昌幸は馬を下りて手綱を渡した。

「頼むぞ」

「はい」

信繁は眼光鋭く頷き、馬を駆ってなお東へと馳せた。そして秀忠の本陣、染屋へと一気に斬り込む。大将の座所を急襲され、徳川方の全てが壊乱に陥った。

この機に乗じ、昌幸らも染屋を襲う。秀忠の旗本らしき者が幾許かの兵を励まして抗戦したものの、焼け石に水という抵抗でしかなかった。一刻余りの後、十数騎の供に守られて、真新しい華美な具足が退いていった。

「秀忠が退いたぞ。仕上げだ」

敵陣深く斬り込んでいた信繁が、十文字槍を掲げて「承知」と叫んだ。そして百ほどの兵を従え、北を指して駆け去って行った。

完全に算を乱した徳川方を叩くこと、さらに半時ほど。戸石城のある太郎山の方で地鳴りのような音が聞こえた。

音がしてから十も数えた頃、前方二里の先、神川に濁流が押し寄せた。轟々と音を立てて荒れ狂う水は、川の近くにあった徳川方の陣を一気に流し去った。

「あれは」

傍らに馬を寄せた池田が呆然と呟く。昌幸は平然と応じた。

「先んじて神川を止めておいた。信繁が堰を切ったのだ」

「いえ、その、それは見れば分かりますが。いつの間に」

「信繁を戸石から退かせるに当たって、書状を遣わしたろう」

戦に先立ち、書状で命じていた策であった。池田は、ぽかんとした顔を見せた。

「あれは、信幸様に手柄を立てさせるためなのでは？」

ふふん、と鼻で笑って返す。

「敵味方に分かれた親子だ。情だけで手柄をくれてやる気はない」

池田は、どこを見ているのか分からぬような目つきになった。そして鉢金の上の禿げ頭を、がりがりと掻き毟《むし》った。

戦いはわずか一日、真田方の大勝に終わった。

それから秀忠は小諸城で上田を窺っていたが、再び戦うことはなかった。牽制のために三千の兵を残すと、徳川本隊は九月十一日に東山道を取って西上の途に就いた。

七日後の九月十八日、昼前に横谷が昌幸の居室を訪ねた。

「殿、急ぎお耳に入れたき儀が」

昌幸は上田原の地図のあちこちに碁石を置き、秀忠が残した兵をどう始末するかを思案しているところであった。横谷の切迫した面持ちを見て居住まいを止す。

「聞こう。何だ」

「件の決戦……去る十五日に美濃関ヶ原で、家康公の大勝に終わりましてございます」

「何と。一日で終わったのか」

俄かには信じられなかった。三成の軍は八万を揃えていたと聞く。少なくとも一ヵ月や二ヵ月は戦が続くものと思っていたのに。

横谷は小刻みに身を震わせながら「はい」と頷いた。

「小早川秀秋殿が寝返り、それに続く者が後を絶たなかったと」

無念、という心情を隠しもしない。それでも昌幸には、なお腑に落ちぬところが残った。

「秀忠は十一日の晩まで足止めしてやった。山がちな信濃ぞ。美濃に抜けるなら木曾谷を通るしかあるまい。三万五千も率いて、その決戦に間に合ったとは思えぬが」

もしや思惑が外れたか。訝しむ眼差しに、横谷は頭を振った。

「確かに秀忠殿は遅参いたしました。殿の思惑どおり、徳川は恥を晒すはずだったのですが」

昌幸は、顔を強張らせた。横谷は「ですが」と言った。つまり、そうならなかったのだ。

黙って続きを促す。奥歯を噛み締めるような声音が返された。

「物見に赴いた手の者によれば、家康公の隊で唯一の備え……井伊直政殿の赤備えがここを死地と定めて奮戦し、面目を保ったと」

「井伊……あやつが」

伏見、そして大坂で何度も顔を合わせた男の、恰幅の良い姿が思い出される。赤鬼と恐れられる男が決死の覚悟で臨んだとなれば、どれほどに凄まじい戦をしたことか。

「井伊殿は抜け駆けをして、福島正則殿から先鋒を奪ったそうです。加えて石田方が総崩れになると、戦場の只中を抜けて退かんとする島津勢を猛追したとか」

秀忠を遅参させ、決戦の場で家康に戦をさせぬことが昌幸の策であった。それは十全であったはずだ。しかし井伊直政という男の武勇が予測を超えていた。

「そうか」

昌幸はぼんやりと呟き、自嘲の笑みと共に続けた。

「だがな、左近。真田という家が成り上がる道は未だ潰えておらぬぞ。信幸なら己が何を重んじるか。徳川方が勝った時に、どう動けば己が喜ぶか。我が子は承知しているはずなのだ。そう思って、穏やかに溜息をついた。

＊

十二月の声を聞いた頃、上田城に使者があった。小松殿の父、信幸が岳父と仰ぐ本多忠勝である。昌幸は本多のために上席を空けておき、平伏してこれを迎えた。

「面を上げられよ」

本多の声は、いささか居心地の悪そうな響きを滲えていた。促されて平伏を解くと、目の前にある顔はだいぶ疲れた様子であった。

「昌幸殿とこうしてお会いするのは、いつ以来にござろうか」

「大坂では何度かお目にかかりましたが、じっくり話すことはござらなんだ」

通り一遍の挨拶を交わし、真っすぐに本多を見た。如何にしてもこちらは敗軍の将、向こうは勝った家康の使者である。和やかに話すなど無駄なのだ。

本多は大きく息を吸い込み、長く、長く鼻から抜いた。

「関ヶ原の後、其許は逃げも隠れもせず家康公の裁定を待たれていた。まことに潔《いさぎよ》きことだ」

昌幸は伏し目がちに、目元に笑みを湛えた。何ゆえ己が逃げ隠れしなかったのか、本多も、そして恐らく家康も気付いていない。

「如何なる罰をもお受けいたしましょう」

発して、昌幸は軽く頭を下げる。本多は「うむ」と唸るように頷いた。

「真田安房守昌幸。長らく家康公のご恩を受けながら、天下を私せんとする石田治部少《しょう》輔に加担し、世を騒がした罪は重い」

頭を下げたまま聞く。ついに来る。間違いなく己は罪人として斬首に処されよう。それで良い。三成が敗れたからには、名実共に家康の天下となる。あの男なら、それが長く続くための形をも作ることができよう。いずれ世は泰平へと向かうのだ。もう策謀を以て誰かを騙し、世を化かして成り上がるなど叶わぬようになる。

(定まった天下……されど)

その中で成り上がるやり方が、ひとつだけある。己が、ではない。真田が、である。だからこそ家康に従うと言う信幸を好きにさせた。この上は、己は――。

「本来、死罪は免れぬところである」

その言葉に、昌幸は思わず目を見開いた。違う。己は首を刎ねられるのではない。面持ちが、じわりと驚愕を映してゆく。

こちらの様子を見て、本多は少しの間口を噤んだ。そして苦笑とも労わりとも付かぬ笑いを漏らすと、柔らかに続けた。

「されど家康公より特別のご厚情を賜り、罪一等を減ずる。其許を流罪に処し、高野《こうや》山《さん》に蟄居を命ずるとの裁定にござる」

「なぜだ」

身が震える。他に発する言葉がなかった。

徳川方により多くの利があることは、戦の前から分かっていた。分かっていて、成り上がりの最後の機会と肚を据え、敢えて三成に味方した。敗戦を嘆く気はない。その際、己が何を志向し、何を望むか、信幸なら分かっていたはずだ。

本多は大きく溜息をついた。

「家康公は初め、其許を斬首に処するとお決めになられた。されど其許の子、我が婿……信幸殿が、小松を通して助命を嘆願してきてな」

昌幸は下げていた頭をゆっくりと持ち上げた。

信幸と犬伏で別れ、上田への帰路で沼田に寄った日を思い起こした。正覚寺で小松殿に会い、交わした言葉を思い出す。

小松殿は言った。もし家康が負けても、自らは必ず夫や子と共に生き延びると。そして、己や信繁も、同じことを約束してくれと。

信幸ではない。倅のくびきとなった妻が、助命を望んだのだ。泰平の世で真田が成り上がるには、己はここで命を落とさねばならなかったのに。そのために信幸に戸石城を取らせ、手柄と呼べるものを持たせてやったというのに。

「小松殿……」

嫁がこの身を案じてくれるのは、嬉しいことに違いない。しかし今だけは違った。何と余計なことをしてくれたのか。その思いに声音が震えた。

本多は少し勘違いしたらしい。しみじみと、噛み締めるように頷いた。

「信幸殿は自らに下される恩賞を返上し、その代わりに其許を助けてくれと申されてな。わしも歳を取ったのかのう。実の娘を通じて頼まれては、口添えを断ることもできなんだ」

昌幸は、ただ呆然と聞いた。本多は井伊直政や榊原康政ら、徳川の重鎮に頭を下げて回り、共に陳情して、ついに家康を説き伏せたそうだ。秀忠だけは最後まで強く死罪を求めていたが、関ヶ原に遅参した身では家康の決定を覆すことはできなかったという。

「其許の助命嘆願は、さすがに骨が折れたわい。拾った命と思うて、高野山で余生を過ごされるが良かろう」

「信幸……」

己と違って、信幸は家康に気に入られ、信用されている。だからこそだ。徳川の世で大名として生き残る我が子にこそ、進んでこの父の死罪を唱えて欲しかった。家康の意に沿えば、信幸はより重んじられたはずなのだ。

昌幸は、がくりとうな垂れた。そして声には出さず、震える唇を「あの阿呆め」と動かした。

それから間もなくの慶長五年十二月十三日、昌幸は上田を発って高野山へ向かった。同じく流罪に処された信繁とその妻子、そして十六人の家臣だけがこれに従った。何もかも無念だらけの配流《はいる》である。ただひとつ、長く苦楽を共にした池田綱重が、信幸に仕えず己に随行する道を選んだことだけは素直に嬉しいと感じた。

昌幸は、高野山の麓から一里ほど入った細川《ほそかわ》の地に庵を結んで蟄居することになった。しかし信繁が妻を伴っていたため、高野山の女人禁制に差し障りがあり、間もなくやや北方の九度山《くどやま》に移った。いずれにしても山の中である。年が改まり、新春を迎えても寒さが身に応える日々が続いた。

流人としての暮らしは困窮を極めた。上田を出るに当たっていくらかの路銀を持参したが、三月にはそれも尽きようとしていた。

三月の半ば、信繁が庵の居室を訪ねて来た。

「父上、よろしいでしょうか」

「入れ」

生気の失せた声で応じる。信繁は障子を開け、少し嬉しそうな面持ちを見せた。

「何用か」

しわがれた声で問うと、懐から一通の書状を取り出して見せた。

「小松殿からです。父上に宛てられたものゆえ、それがしは目をとおしておりませぬが」

その名を聞いて、昌幸はぷいと顔を背けた。

「読みとうない。どこぞに捨てよ」

信繁は、やれやれ、とばかりに応じた。

「そう仰せられますな。こちらの暮らし向きを思うて、金子《きんす》を添えて送ってくだされたのです。ああ、金子は綱重に預けましたゆえ、ご懸念なく」

「金子……か」

「如何にしても、死罪は免れたのです。ならば命ある限り生き抜いて、父上の生き様を世に示さねば。送られた金子がその望みを繋ぐのですぞ」

力強い声が返される。虚ろだった昌幸の目に、薄っすらと光が宿った。

生きる。真田昌幸として、生きる。その道を繋いでくれる金子なら、受け取っても良いのではないか。

「我が生き様は、世を化かすこと」

ぼそりと呟き、昌幸はしばし黙った。じわり、じわりと体に熱が籠もってくる。

そして、にやりと笑った。

「そうよな」

小松殿が、心底からの優しさを湛えたあの嫁が、生きろと言う。ならば、それも良かろう。いつの日かその甘さを化かし、何れかの城を――それが沼田であろうと――奪って世に返り咲いてくれん。

信繁に向け、すっと手を伸ばす。書状を受け取り、開いて目を落とした。

「決して申してはならぬと口止めされておりますところ、我が殿の御為、文にて書き送り申し上げます」

ぶつぶつと、口の中で読み上げる。その声は次第に小さくなり、やがて黙って文字を目で追うばかりとなった。

書状を持つ手が、震え始めた。

小松殿の書状は、決戦後の差配、助命嘆願についての真実を知らせていた。

これまで、ずっと思っていた。信幸は妻と徳川の繋がりを重んじ、そのくびきによって最後まで家康に従った。そしてあろうことか妻に流され、泰平の世で真田が成り上がる道を封じるに至ったのだと。

だが違った。書状に記されているのは全く逆のことであった。

『良くできた嫁じゃ。信幸は果報者よな。なればこそ、わしも肚を括れるというものよ』

正覚寺で小松殿と相まみえた日、自らはそう発した。最後の「肚を括れる」というひと言で、小松殿は己の覚悟に気付いたのだという。

関ケ原で徳川が大勝し、散々に思い悩んだそうだ。義父が自らの命と引き換えに、真田の繁栄の礎《いしずえ》にならんとしている。見過ごして良いのかと。

だが、何も言わなかった。男が信念を以て決めたことに、女は口を出せないと。

すると信幸から、父の助命を嘆願したいと打ち明けられたという。自らの恩賞を手放してでも父を助けたい。人の子として、そうせねばならぬと。これとて信幸が、男としての信念の下に決意したことである。小松殿は夫を誇らしく思い、全て夫に従って父・本多忠勝に必死の陳情をしたという。

文言を目で追い、昌幸は「ふう」と溜息をついた。

「信幸……あの阿呆め」

助命嘆願が受け入れられた後、信幸は小松殿に言ったそうだ。この信幸が進んで父の処罰を申し出て、分家とはいえ真田家が揺るぎない力を持つことを、父は望んでいたはずだ。己がその思惑を正しく受け取っていると、信じてもいるだろう。助命を願えば、きっと「妻に流された不甲斐ない倅」と蔑まれるに違いない。

しかし信幸は続けて言った。それで良いのだと。何があっても、決してこのことを父に知らせてはならぬ。おまえも僭越《せんえつ》な嫁と思われるだろうが、どうか堪えてくれと。

「……あの阿呆め」

先と同じ言葉を繰り返し、右の目からひと粒の涙を落とした。

小松殿は書状に言う。自らが侮蔑されるのは一向に構わない。しかし夫が、絶佳《ぜつか》なる人品を備えた真田信幸が、誤解ゆえに父から蔑まれてはならぬのだと。

昌幸はまた、口中にぼそぼそと読み上げた。

「わたくしは夫の言い付けに背きます。妻として、ならぬことをいたします。伊豆守様が見くびられることに比べれば」

この妻が恥を晒すなど、安いものです。その文字が涙で滲んだ。

「誰も彼も、阿呆ばかりじゃ」

良くできた嫁だ。まさに信幸は果報者である。昌幸は袖で目元を拭い、最後に記された一文を追った。

己が流罪となったことで、上田領は召し上げられた。しかし家康は信幸の誠心に感じ、従来の沼田領に加えて上田領も差配するよう内示してきたという。

「……ふふ」

笑いが漏れた。俯き、両の目から涙を落として、昌幸は肩を揺する。

「ははは、ははは、はっははは！」

哄笑を上げた。おかしくて仕方がなかった。こちらの態度が豹変《ひょうへん》したことで、信繁が身じろぎしている。

ひと頻り笑うと、昌幸は「はあ」と息をついた。

「信繁。おまえはこの先、どう生きる」

多少面食らったような顔で、信繁は「はい」と顎を引いた。

「それがしは真田本家の跡継ぎにござります。如何に徳川が決戦を制したとは申せ、未だ豊臣恩顧の力は強く、この国が全く治まるには時を要しましょう。然らばそれがしは父上の生き様に倣い、世を化かす策謀の士として必ず返り咲く所存」

昌幸は、やんわりと首を横に振った。

「わしに何を構うことがあろうか。おまえは真田の跡継ぎだが、わしとは違う者ぞ。好きに生きよ。自らが正しいと思い、望む道を歩めば良い。わしも、ずっとそうしてきた」

そうだ。武田家が滅んでから今まで、己は策を以て生き残り、成り上がる道を選んだ。流罪に処せられた今でも、その生涯への疑いは微塵もない。

だが信幸が示してくれた。正しい道は、ひとつではないのだ。倅は愚直なほど真っすぐな心の誠で家康の信頼を勝ち取り、沼田と上田を併せ持つ身となったではないか。この父の策に背き、自らのやり方で真田家の明日を捥《も》ぎ取ったのだ。

昌幸は「ふふ」と笑い、小松殿からの書状を傍らの火桶に放り込んだ。

神妙な面持ちを見せていた信繁が「あっ」と声を上げた。見る間に書状は炎を上げ、燃え尽きてしまった。

「よろしいのですか、父上。何か、その……感じ入っておられたようですが」

「己の馬鹿さ加減を示す書状など、残しておきたくはないわい」

そして懐に手を入れ、古びた幽霊の札を取り出した。

「良いか信繁。おまえも好きに生きよ。忘れるなよ」

昌幸は手中の札も火桶に放り込んだ。書状ほど簡単に燃えはしなかったが、化け札もやがて灰になった。

すくと立ち、縁側から庭に下りる。そして遥か北東の空を望んだ。

「上田か。いつの日か帰りたいものだ」

自らの道を歩み、父を越えてみせた誇らしい我が子が、上田をどう治めてゆくのか。死ぬ前に目にすることは叶うだろうか。

微笑む頬を風が撫でてゆく。配流されてから初めての、暖かな風であった。

謀将の義

広く浅い瀬を、さらさらと水は流れる。河原の砂利《じやり》や玉石を押し退けるように夏草が萌え、陽炎《かげろう》の中に揺れた。

義光《よしあき》は掌で額の汗を拭った。出羽から軍を率い、ようやく相模国足柄下郡《あしがらしもぐん》の鴨宮《かものみや》、酒匂《さかわ》川の下流に至った。ここを越えれば戦場なのだが、長閑な風景の中ではそれも実感がない。

天正十八年（一五九〇年）六月、既に小田原は関白・豊臣秀吉の軍に包囲されている。開戦から二ヵ月近くが経っていた。遅参である。

秀吉には、それを許す気などなかったに違いない。何しろ最上《もがみ》家は、早くから豊臣に従った上杉と庄内《しようない》の地を争っていたのだ。咎めなしとなったのは、ひとえに権大納《ごんのだいな》言《ごん》・徳川家康の助力があったればこそだ。

「うん？」

遠くから呼ばれた気がして、馬上で左手を向く。川下から吹き抜ける南風の蒸し暑さと、水面を跳ねる陽光の眩しさに目をしばたたいた。容赦なく照り付ける日差しの下、半里（一里は約六百五十メートル）も向こうに騎馬の一団が見えた。

「出羽殿お」

やや甲高い呼び声が、のんびりと渡ってくる。義光は「ああ」と呟いた。既に徳川の迎えが到着していたらしい。思いつつ、しかしすぐに驚いて目を見開いた。こちらに向かう馬印が日を跳ね返し、煌《きら》めいている。金扇は徳川家康の馬印であった。

「何と……。守棟《もりむね》、光安《みつやす》、供をせい」

宿老・氏家《うじいえ》守棟と重臣・志村《しむら》光安を連れ、自ら先に立って馬を進めた。向こうも三十騎ばかりの供を連れ、なお近付いてくる。馬上には風聞どおりの南蛮胴具足、やはり家康本人である。

互いの馬が五間（一間は約一・八メートル）ほどまで寄ると、義光以下は下馬して跪き、深く頭を垂れた。

「出羽山形《やまがた》城主、最上義光にござる。此度はお口添えを賜り、かたじけのう存じます」

家康は「はは」と短く笑った。

「懇意にしている出羽殿の頼みとあらば、お安い御用よ」

「有難きお言葉。その上、御自らのお出迎えとは身に余る光栄にござる」

「其許との付き合いは長いが、お会いするのは初めてなのでな。ささ、面を上げられい」

声に従って顔を上げると、家康はまじまじと見つめ、「うんうん」と頷いた。

「細面に眉太く、口元の締まった精悍《せいかん》なる面持ちじゃ。さすがは『奥羽の虎将』と異名を取るお方よな」

「痛み入ります。齢四十五を数え、このとおり、睨むが如き目付きが癖になっておりまするが」

家康は、さもおかしそうに笑った。

「目元の厳しさは、謀に長けたる者の常にござろう。笑いの種に使う辺りが、何とも如才ない」

挨拶を交わすと、案内を受けて小田原の陣へ向かった。

家康との繋がりは八年前、天正十年に溯る。当時の出羽は「最上八楯《やつだて》」と呼ばれる最上家の支族が結託して織田信長の支援を受け、本家当主の義光を圧していた。

しかしその天正十年六月、信長は京の本能寺に横死した。八楯の諸家は当然の如く慌てふためいた。義光にとっては千載一遇の好機だったが、動揺を衝いて兵を挙げることをせず、敢えてしばらく静観した。徳川の動きに、腑に落ちないものがあったからだ。

信長の死から時を置かず、家康は織田の支配が行き届いていない甲斐《かい》・信濃の両国を切り取りに掛かった。とても「織田第一の盟友」とは言えぬ行動である。笑顔の裏に刃を隠し続けていたのか——そう考えると、家康という人が己に似ていると思えた。

義光は徳川に使者を送った。徳川が信濃を攻略するには、越後《えちご》の上杉が障害となる。共に上杉を敵とし、利害が一致する両家は誼を通じることになった。

川を渡り終えて少し進んだ頃、右手に轡を並べる家康が口を開いた。

「時に、ご父君の葬儀は恙《つつが》なく済んだかな」

「はい。盛大に弔ってやりました」

「出来たお人よのう。散々に手を焼かされたろうに」

小田原への遅参は、父・義守《よしもり》の葬儀が原因であった。

家康の言うとおり、父との関係は悪かった。若い頃は廃嫡されかけ、父子で争う不体裁を世に晒した。八楯の諸家や南陸奥の伊達輝宗《てるむね》らは、父への助力を口実に軍勢を差し向け、最上を飲み込もうとした。

家を守るために調略もした。暗殺もした。謀略の限りを尽くし、ひとつずつ外堀を埋めるようにして、父を隠居へと追い込んだ。

何も返さないでいると、家康はこちらの心底を推し測るように問うてきた。

「其許ほどの男なら、謀でご父君を退けることもできたろうに。世間体か？」

ひと呼吸の後、義光は「いいえ」と首を横に振る。

「戦は詰まるところ、敵の大将を討てば勝ちにござる。無駄な人死にを減らせるのなら、世間の誹りなど何でもござらぬが……父の命だけは、どうしても取る気になれませんでした。それがしが生を享《う》け、長じることができたのは、やはり父から受けた恩なのです」

家康は「ほう」と頷き、柔らかい笑みを見せた。

少しの沈黙が流れる。己と似た男の腹に何かが眠っているように思えてならない。ちらりと見やると、向こうも同じようにこちらを窺っていて、目が合う。

家康の顔から鷹揚な笑みが消えた。

「会《お》うたら、聞いてみたいことがあった」

眼差しで頷くと、軽い溜息が返された。

「わしは調略が下手でな。小物は取り込めても、厄介者を手懐けられぬのよ。ほれ、確か其許が天童頼澄《てんどうよりずみ》を攻めた時の話だ。同じ八楯の、延沢満延《のべさわみつのぶ》を籠絡《ろうらく》したであろう」

義光は微笑で応じた。

「満延は今、当家の臣でござる。徳川様が仰せの小物に相違ござらぬが」

家康は、ゆっくりと頭を振った。

「されど、絶対に寝返らぬはずの勇将と聞こえていた。それを天童から引き剝がしたことが、其許の勝ちを決めた。どうやって取り込んだのか、教えてはくれぬか」

家康の意を察し、義光は六年前の戦を語った。

「さすれば。鍵になる者は容易に寝返らぬもの。まずは我が娘を満延の倅の嫁に出し、風下に付いて見せ申した。その上で、逃げ道を塞ぐ……二人に陣羽織を贈ったのです」

縁戚への贈り物など、世に溢れかえった話である。続きがあるのだろうと、家康の眼差しが促していた。

「書状を添え申した。礼は無用、その羽織を身に付けた姿を見せに来られよ、と」

家康は、ぶるりと身を震わせた。

「これは……そうか。其許、自らの名を使ったか」

先に家康は「奥羽の虎将」と言ったが、気を遣ったものであろう。自らに付けられたもうひとつの異名を、義光は承知していた。狐――人を化かす男と呼ばれている。

家康は自らの口を右手で塞ぎ、ふう、と息を漏らしてから続けた。

「既に手を回しているやも知れぬ。いつ裏切りを疑われ、天童に攻め立てられるか……書状ひとつで、相手はそう思うだろうな。確かに最上家以外の逃げ道はないわい。されど、無理矢理に引き剝がした者を家臣に抱えるとは、肝が太いのう。寝首を搔かれるとは思わなんだか」

義光は、にこりと笑った。

「いいえ。寝返りに当たって満延の頼みをひとつ聞きましたゆえ」

天童家を滅ぼしても、当主の頼澄だけは手に掛けぬこと。それが満延の嘆願だった。策に嵌まって是非なく裏切ったとは言え、やはり後ろめたかったのであろう。

「それがしは生涯、この約束を違えませぬ。意気に感ずる心が満延にあらば、最上を裏切りはしますまい」

虚を衝かれたような家康の顔に、じわじわと赤みが差した。

「なるほどのう。義を通して謀を磐石にする……か。いや、学ばせてもろうた」

話す間に、小田原城を包囲する陣屋の群れが見えるようになった。城の北東を封じるのは、徳川の陣である。

「関白殿下の陣は、あそこだ。共に参ろう」

城を挟んだ南西の石垣山《いしがきやま》を指差し、家康はこちらを向いた。

「此度は其許の人となりを深く知ることができて、嬉しく思う。この家康との縁を末永く結んで欲しい。何かと、智慧を借りる日もあるだろう」

柔らかく、それでいてしっかりとした眼差しであった。

「化かすやも知れませせぬぞ」

そう返すと、家康は腹を抱えて笑った。

義光が参陣してから一ヵ月余の七月、小田原城の北条家は重囲に屈し、ついに降伏した。天下は豊臣のものとなった。

＊

小田原征伐から五年後の文禄四年（一五九五年）七月、京にある聚楽第東外門から延びる通り沿いの屋敷で、義光は次女・駒《こま》姫を迎えた。

豊臣麾下に入って京詰めを求められ、国許にいることが少なくなった。娘の顔を見るのも一年ぶりである。それ自体は嬉しいのだが、どうしても顔は渋くなる。

「無事の到着、何よりである」

駒は楚々とした笑みで応じた。

「お久しゅうございます。駒も十五になりました」

優美な曲線を描く頰、鈴のように清らかな目と細い鼻筋は、正室・大崎御前《おおさきごぜん》によく似ていた。東国一の美女と噂されるが、さもありなんと思うのは親馬鹿であろうか。

その評判ゆえに、関白・豊臣秀次から側室に出せと求められた。断りきれるものではない。此度の上洛は輿入れのためであった。

義光は頭を下げた。

「無理強《むりじ》いする父を許して欲しい」

駒は、ころころと笑った。

「いいえ。関白殿下の側室としてお仕えするのは、身の光栄と存じます。それに、これで最上家も安泰にございますれば」

思わず目を伏せた。自らが危うい橋の上にいるのだと、娘は知らない。

「ともあれ、輿入れの日まで十全に支度を整えよ」

それだけ残し、座を立った。疑いを知らぬ無垢《むく》な顔を見ているのが辛かった。

自室に籠もって懊悩すること、どれほどか。障子の外から声がかかった。

「殿、おいでになられるのですか」

大崎御前であった。「ああ」と掠れ声で返す。妻は障子を開けて部屋に入り、手ずから明かりを灯した。

「こんなに暗い中で、如何なされたのです」

大きな溜息だけを返すと、向こうも顔を曇らせた。

「また関白殿下のことをお考えでしたか」

力なく頷く。首の力が抜け、独りでに頭が落ちたと言う方が正しいかも知れない。

「豊臣は未だ、太閤殿下の思うがままだ。関白殿下は……氏長者《うじのちょうじゃ》とはいえ、いつ梯子を外されるか分からぬ」

二年前、秀吉には実子の拾丸が生まれた。以後、養子の秀次に対する扱いは、掌を返すかの如く冷ややかなものになっている。気の進まぬ縁談であった。

「豊臣の縁者になど……左様なことは望まぬ。駒が安泰に、幸せに過ごせるなら、どこに嫁に出しても構わぬのだ」

吐き捨てると、妻は悲しそうな目を向けた。

「お気持ちは分かりますが……」

「気持ち云々の問題ではない。近頃の太閤殿下はな」

それきり口を閉ざした。我が子かわいさのあまり、おかしくなったとしか思えない。今のままでは秀次の命すら危ういのだと、眼差しで語る。

妻は軽く息を呑み、俯いてしまった。そして十、二十と呼吸を繰り返し、すがるような目を向けてきた。

「お世継ぎを拾丸様にお譲りするよう、殿から関白殿下に進言なされては如何です」

秀次が一線から退けば、秀吉も安堵するかも知れない。だが――。

「お聞き入れになるはずがない。あれは、そういうお方だ」

それも、気の進まぬ理由であった。

義光と大崎御前は共に気が塞ぎ、その晩は二人して夕餉《ゆうげ》も取らずに床に就いた。輿入れまでの日々を、或いは輿入れの後も鬱々と過ごさねばならぬのかと思うと、中々寝付かれなかった。

——そして、それは起きた。

駒姫の上洛から四日めの七月八日、氏家守棟が大いに狼狽《ろうばい》して義光の居室に駆け込んだ。日頃は穏やかな下膨れの顔が強張り、蒼白になっている。

「一大事にござる」

守棟ほどの智慧者をこうまで動揺させるのは、やはり秀次のこと以外にない。義光はごくりと唾を飲み込み、静かに問うた。

「申してみよ」

「秀次様に謀叛の嫌疑がかけられ申した」

「……思うたとおりか」

変わらぬ口調で返す。守棟は、こちらの驚かぬ姿に驚愕した様子であった。

「何を悠長に構えておられるのです」

「いずれ、こうなることは見えておった。秀次様に近しい当家は苦しい立場に置かれようが、それはわしが何とかする。せめて、駒が輿入れする前で良かったと思うべし」

しかし守棟は、悲痛な声を絞り出した。

「駒姫様も罪に問うとの、太閤殿下の思し召しにござる。もう伏見から捕り方が差し向けられたと、注進があったのです」

「何と！」

それきり絶句してしまった。

娘に何の罪がある。側室に差し出せと言われて上洛させたが、未だ婚姻の前ではないか。

そもそも秀次は、本当に謀叛を企んでいたのか。嗚呼しかし、秀吉が白と言えば白、黒と言えば黒なのだ。駒、駒よ。我が最愛の娘はどうなる。父は、おまえを守ってやれぬのか。

「申し上げます」

慌て声が聞こえて我に返った。障子が開け放たれた部屋の外に、小姓が跪いている。義光の唇は、わなわなと震えて言葉を成そうとしない。それを見たか、守棟が応じた。

「何とした」

「はっ。徳川大納言様がお見えになられております」

家康——今や豊臣家中第一の実力者となったこの人なら、或いは娘を救ってくれるやも知れぬ。義光は弾かれたように声を発した。

「お通しせよ。すぐに、丁重にだ。急げ」

切迫した声に衝き動かされ、小姓は走り去って行った。

義光は広間に家康を迎えて上座を譲り、向かい合うなり平伏した。

「お助けくだされ。どうか」

沈鬱な声音が返される。

「そのつもりで参った。面を上げられよ」

「小田原の時と言い、此度と言い、ご助力を仰いでばかりにござる。我が身の非才を呪うても、呪いきれぬ思いです」

家康は大きく、ゆっくりと首を横に振った。

「秀次様は高野山に蟄居となった。行く行くは切腹を命じられよう。されど秀次様の子……男子は致し方なしとしても、奥向きの皆や姫君にまで累を及ぼすとはな。太閤殿下も」

咳払いして、なお続ける。

「さすがに、これは酷い。斯様な無体をしていては禍根を残し、世に無用の乱れを生む。其許が恐縮することはない、わしが動くのは諸侯のため、天下のためよ」

背筋にびりびりと響くものを感じ、義光は軽く身を揺すった。

「有難きお話に変わりはござらぬ。して、それがしは何をすればよろしゅうござろうか」

家康は、苦々しい面持ちを崩さずに小さく頷いた。

「まずは駒殿を太閤殿下のお手に委ね、其許は謹慎すべし」

兵を出せと言われれば出す、秀吉を討てと言われれば従う気であった。しかし、これだけは聞けぬ。

「謹慎で済むなら、いくらでも致しましょう。されど、駒を渡すことは致しかねます。身に危難が及ぶと知って、なお窮地に追い込む親がどこにありましょうや」

家康は膝をぽんと叩いて身を乗り出した。

「だからこそ、敢えてそうするのよ。然らば太閤殿下とて、其許の忠義に疑いは持つまい。義を示すことが、姫君を助ける足掛かりとなろう」

「されど」

つい大声になって、義光は頭を垂れた。

「申し訳ござりませぬ」

「いやいや、お気持ちは分かるゆえな。されど出羽殿ご自身が、教えてくれたではないか。謀を磐石にするのは義であると。これは――」

家康の目が、ぎらりと光った。

「戦だ」

「戦……太閤殿下との」

「そうだ。其許なら承知しておられよう。交渉ごとは、兵を使わぬ戦だ。ご父君を隠居させた時を思い起こすべし」

父・義守を隠居に追い込んだ。与する者をひとりずつ殺ぎ落とし、丁寧に外堀を埋めていったのだ。同じことをして娘を救い出せと、家康は言う。

「できましょうか」

「できる。されど、何しろ時をかけられぬ。今こそ『出羽の狐』として策を練らねばなるまい」

策を練る。謀を巡らす。これは秀吉との戦である。義光はしばし俯いて沈思した。

やがて顔を上げる。家康を睨み付けているが、構うものかと口を開いた。

「秀次様が高野山に入り、豊臣のお世継ぎは拾丸様となり申した。されど未だ三歳の御身にあらせられますれば、逆心を抱く者の懸念は尽きぬはず。然らば、大納言様から太閤殿下に進言をお願い申す。拾丸様への忠義を示すべく、諸侯に血判誓書を出させるべしと。それがし、真っ先に誓書をお出しする所存。その上で娘の助命を嘆願いたします」

二呼吸ほど考えて、家康は眉を開いた。

「なるほど。そうまで忠義に篤き者の娘、しかも未だ輿入れ前の姫を殺めるとあらば、巷間が何と言うか。『人たらし』で成り上がった太閤殿下の急所よな。しかも、時を置かずにできる」

　即刻、秀吉の隠居する伏見城へ向かうと約束して、家康は立ち去った。

＊

　秀次の謀叛――言い掛かりではあるが――に加担した嫌疑を以て、最上屋敷は秀吉の兵に門を封じられ、監視下に置かれるようになった。そして七日後の七月十五日、豊臣秀次は身の潔白を叫んだまま切腹を申し付けられ、世を去った。

　ほどなく、監視の将を通じて誓書の一件が伝えられた。義光はその場で誓書をしたため、名と花押を記した上で左手の親指を噛み破り、血判を突いた。

　その甲斐あってか、八月の声を聞く頃には義光への嫌疑は晴れた。見張りの将兵が去り、最上屋敷は一ヵ月ぶりに静けさを取り戻した。

　しかし義光は日々を鬱々と過ごしていた。秀次が切腹した後も、妻子に至るまで斬首という異常な沙汰は解かれていない。いよいよ今日が処刑の日であった。

　朝から大崎御前と共に仏間に籠もって「どうかお助けを」と祈念し続け、また、額を床に擦り付けて煩悶《はんもん》する。

そうした中、最上屋敷を訪れる者があった。無作法極まりないと憤慨したが、客の名を聞いて義光は目を丸くした。一縷《いちる》の望みを繋ぐため、会わねばならぬ相手だった。

広間に通された恰幅の良い長身は、徳川第一の臣・井伊直政である。埃まみれの足、汗だくの顔で転がり込むと、直政は破顔して声を上ずらせた。

「お喜びあれ。駒姫様の助命嘆願、成りましたぞ」

「……は？」

何を聞いたのか、判然としない。目の前の直政は「さもあろう」とばかりに何度も頷いた。

「駒姫様のお命、繋がり申した。我が主君を始め、心ある方々が何度も申し入れ、ついに太閤殿下もお聞き入れくださったのです。嫁がれて間もない者は、尼になることを条件に助命すべしとのお下知にござる。その中に、駒姫様も含まれておりまする」

早口に発せられた言葉が、じわじわと頭に染み込んでくる。

「……おお」

娘が助命された。命が繋がった。家康が、力を貸してくれた。

「おお、おお！　おお……。何とお礼を申し上げて良いのか。尼でも構わぬ、命あってこそ……」

直政は額の汗を右の袖で手荒く拭い、続けた。

「今日が処刑の当日とあって、太閤殿下も早馬を出された由にござる。いずれ駒姫様も、いちどお屋敷に――」

戻されるでしょう。言おうとした直政を遮るように、廊下から陰鬱な声がかかった。氏家守棟であった。

「申し上げます」

「後にせよ。それより守棟、嬉しき報せぞ。姫が、駒が助かったのだ」

滂沱の涙で守棟を見やる。しかし守棟は固く奥歯を噛み締め、然る後に血を吐かんばかりの叫びを上げた。

「駒姫様、先ほどご落命なされました。太閤殿下の早馬は……間に合いませなんだ！」

流れていた涙が、止まった。

守棟は何を言っている。直政の顔、この愕然とした面持ちは何だ。

何が正しい。何が間違っている。

何を信ずれば良い――。

そこから先は覚えていない。気がついたら、己が身は床に横たわっていた。

傍らには守棟と直政が座している。直政の面持ちは守棟と同じ、悲痛なものに変わっていた。

「申し訳次第も、ござりませなんだ」

直政が、ぽつぽつと語る。仔細は、先に守棟から聞かされたとおりであるらしい。

「そうか」

喉を滑り抜けて出た。生気のない、幽鬼のような声であった。

「せめて……駒の亡骸《なきがら》だけでも、引き渡していただけまいか」

直政が口を開く。声が出る前に、守棟がこれを制した。

「井伊殿。お報せするのは、我が役目にござれば」

こちらに向き直り、沈鬱な顔で語った。

秀吉の早馬が到達するよりも早く、処刑された女たちはひとつの穴に埋められた。間に合わなかったからには致し方なしと、土を被せて叩き固めてしまったと言う。

その土の上には、碑が置かれたそうだ。

「あろうことか……。畜生塚、と」

畜生。

畜生とは何のことか。

我が娘は畜生なのか。

人ですら、ないと言うのか!

「……守棟。井伊殿も。外してくれぬか」

掠れるような声しか出せぬ。心中を慮《おもんぱか》ってくれたか、二人は丁寧に平伏して立ち去った。

義光は数日、伏せたまま過ごした。水すら、喉を通らなかった。

しかし、それだけでは終わらなかった。ようやく身を起こせるようになった一夜、同じように寝込んでいた大崎御前が、悲しみのあまり自害してしまったのだ。

二人の葬儀を終えた九月、家康から書状が届いた。

乏しい灯りの下、ぼんやりと目を落とす。力及ばず駒姫を救えなかったことへの、謝罪の言葉が連ねられていた。だが詫びなど無用である。家康には感謝こそすれ、怨む気など毛頭ない。

「奥方と姫君は身命を賭し、貴家が命運を繋いでくれたものにござ候。然らば軽挙妄動、厳に慎まれるべし……か」

義光は「はは」と自嘲し、独りごちた。

「有難きお言葉なれど。それがしは、いけません。狂えないのです。狂ってしまえたら……あの下賤の猿めを叩き斬れたら、どれほど幸せでしょうな。されど、これは戦にござれば」

部屋の隅の暗がりを、きっ、と見つめる。

「狐の狩りを、見せてやらねばなり申さぬ」

もはや目に浮かぶ涙の一滴も残っていない。戦の心が沸々と滾り始めていた。

*

駒姫と大崎御前を失ってからも、義光は諾々と豊臣に従った。罪人を出したことで汲々《きゆうきゆう》としているだの、焼きが回っただのと、世間は口さがない。

確かに最上家には、正面切って一矢報いる力などない。だが狐は窺っていた。嚙み付くための綻び——敵が喉笛を晒す、寸時の隙を。

一年と少しの月日が流れた。絢爛な聚楽第は秀次の死後に取り壊され、大名屋敷も秀吉の伏見城下に移された。世は十月二十七日を以て改元され、慶長元年（一五九六年）十一月となっている。

その日の朝、国許から届いた荷があった。氏家守棟が取り寄せたという品々の中には、最上《もがみ》川を溯る鮭《さけ》を獲って塩引きに仕立てた物が含まれていた。義光の好物である。

妻子を亡くした直後は何も喉を通らず、食えるようになってからも味など分からなかった。来るべき日に向けて命を繋ぐ、それだけのために食っていた。傍近く仕える守棟は、胸の内を察していたのだろう。せめてもの心尽くしに感謝して、昼餉の際に塩引き鮭を焼かせた。

たっぷりと脂の乗った身は、しかし川を上らんとする力で引き締まっていた。沢まで遡上した魚は力を使い果たして味がなくなるため、下流に網を仕掛けて獲ったものらしい。皮目に傷が付いていないことからも、それが分かる。皮にも厚みがあり、外側はさくりと香ばしく焼き上がって、内側はとろりと柔らかい。最も美味い血合いの肉と皮ぎしの脂が、程よい塩気でまとまっていた。久しぶりに、美味いと思えた。

食い終わって膳に手を合わせ、独りごちた。

「今日は、確か……。好機やも知れぬ」

義光はすくと立ち上がり、台所へ向かった。そして切り身にする前の鮭を一尾、奉書紙に包ませ、それとは別に干菓子を包ませると、小姓二人を連れて徳川屋敷へと向かった。今日、家康は秀吉の茶会に招かれている。留守を知りつつの訪問であった。

徳川屋敷に至ると、本多正信が取次ぎに出た。この男を始め、案の定、家臣たちはそわそわと落ち着きがなかった。

「本日、主君・家康は伏見城に上がっております。最上殿もご承知のことと存じましたが」

気もそぞろという正信の態度を見て、心中でにやりと笑った。

「左様でしたな、失念しておりました。これは失礼を」

「いいえ。して、御用の向きは」

「国許から送って参った鮭がすこぶる美味く、内府様にも献上すべしと思い立った由にござる」

そう言って包みを渡し、挨拶して立ち去った。正信は丁寧に礼を述べつつ、顔には何とも忌々しそうなものを浮かべていた。

だが、これで良い。確かめるため、鮭を口実に訪れたのだ。自らの策は成ると確信し、目元を引き締めて伏見城へと馬を進めた。

あと二ヵ月して年が明けたら、四年前の文禄元年に引き続いて、大陸出兵が決まっている。誰も望まぬ外征であり、家康以下、多くの大名が諫めたものの、秀吉は聞かなかった。

その渦中で、茶席が開かれている。

『わしが動くのは諸侯のため、天下のためよ』

娘の助命を懇願した日の、背筋を痺れさせたひと言を思い出した。今から思えば、謎かけだったのかも知れぬ。だからこそ、家中があれだけ浮き足立っているのだ。

（秀吉は内府様の直言を嫌い……徳川の力を恐れている）

これを確かめてこそ「狐の戦」を動かせる。思う間に、伏見城に至った。

本丸に上がって家康の供を探すと、天守の二階にある中の間に井伊直政が参じていた。

「直政殿」

見るからに苛々していた直政だったが、こちらの呼びかけに振り向くと、少し安堵したような笑みを見せた。義光はしっかりと目を合わせて続けた。

「内府様に火急の用件があり、押しかけ申した。お取次ぎ願えぬか」

無作法を咎めもせず、むしろ嬉しそうに、直政は「承知仕った」と茶室に向かった。徳川家中は、やはり相当に警戒している――家康が闇討ちにされることを。

ほどなく、当の家康が中の間に入った。義光は平伏して迎えた。

「斯様な日に、如何なる御用があり申したか」

声に応じて顔を上げ、傍らの包みを差し出した。

「茶会の菓子を献上しに伺いました」

家康は何とも怪訝な顔をしている。斯様なことがなぜ火急なのか、そう思うのが当然だ。

義光はそっと顔を近付けて耳打ちした。

「茶席にお持ちくだされ。義光の献上と明かし、まずは決してお手を付けませぬように」

家康は仰天したように、口を半開きにした。咳払いして小声で問う。

「毒か。左様なことをすれば」

「いいえ、ありふれた干菓子です。これは秀吉めの攻め口を塞ぐ細工に過ぎませぬ」

出羽の狐――その名が、ここでものを言う。暗殺ぐらいお手のもの、そういう男がここにいると示すだけで良い。秀吉が家康を茶席に招いたのは、恐らく「いつでも命を取れるのだ」と脅しをかけるためであろう。だが、もし何らかの支度をしていたとしても、これで封じられる。

義光は口元を歪め、囁きを続けた。

「昨今の秀吉は我が子に後を継がせんがため、天下人の体面に拘ること甚だしゅうござる。されば気の小さい様を示し、物笑いの種になるを嫌うはず。それがしの持参と知っても、拒めるはずがないのです。奴めが献上を受け入れたら、そこで内府様が食うて見せておやりなされ。角を立てずに御身を守ることができましょう」

家康も得心したらしく、ほっと息を吐いて頷いた。義光は微笑して頷き――。

「風流や人付き合いよりも、御身の安泰こそが明日のためと存じます。もっとも義光がこれにおりますれば、よもや内府様に特別な一服をお勧めする者など、おらぬでしようが」

大声を上げた。家康は泡を食って手を伸ばし、こちらの口を塞いで声を潜めた。

「よさぬか。壁に耳ありだ」

義光は家康の手を退け、にやりと微笑んだ。

「誰ぞに聞こえたやも知れませぬな」

二呼吸の後、家康は心底呆れ返った顔を見せた。

「其許、わしの道を封じる気か。あくまで前に進めと」

「はい。内府様を化かす……調略しております。天下を取っていただきたいがゆえ」

家康は苦笑し、声を出さずに肩を揺すった。

「ならば、義を見せてもらうぞ」

それだけ残し、茶席に戻って行った。義光は平伏して見送り、家康が無事に戻るまで、中の間に留まり続けた。

＊

慶長三年八月十八日、豊臣秀吉がこの世を去った。無益な大陸出兵の最中である。海を渡った大名衆に動揺を与えぬため、当面、その死は秘匿された。家康は五大老筆頭の権限を以て、諸将に帰還を命じた。

義光は今回も肥前名護屋城に詰めるのみの日々であり、撤兵が命じられてすぐに京へ戻ることができた。

帰還の挨拶のため、伏見城に家康を訪ねる。問うておきたい話もあれば、尻を叩きたくもあった。

「恙なくご帰還の由、何よりである」

声に応じて顔を上げる。秀吉死後の激務ゆえか、家康は少しやつれて見えた。

「其許、これからどうなされる」

問われ、少し考えてから口を開いた。

「太閤殿下ご薨去のこと、世には如何に伝えられます。葬儀などは」

「ひととおり、皆が戻ってからだ。まず半年近くかかろうな。葬儀も、それからになる」

心中、鼻で笑った。我が娘を殺して畜生と罵った男の葬儀など、させてなるものか。その思いを胸に、睨み据える眼差しを返した。

「恐れながら。かつて内府様は、それがしに調略の勘どころをご下問あらせられましたな」

「いかにも。それが?」

にやりと頬が歪む。少し気圧《けお》される家康に、二の矢を放った。

「然らば、調略とは即ち、弱みに付け込むことにござる」

そして、声を潜めた。

「ご存じのとおり、今の豊臣家中は秀吉の死に際し、揺れ動いております。唐入りにて得られた益もなく、石田三成以下の内地にあった者は、渡海して戦った皆に報いる手立てもない。今こそ調略の好機、皆の不満に道標《みちしるべ》を立てておやりなされ」

家康は小さく息を呑み、然る後に目元厳しく、大きく頷いた。

「相分かった」

義光は満面に笑みを浮かべ、元の声音で発した。

「さすれば、それがしは国許に帰るといたしましょう。出羽の地にあって、必ずや義をお見せ申し上げます」

そう残して、広間を去った。

これで良い。家康が天下取りに動き出せば、秀吉の葬儀を云々する余裕などなくなろう。しかし、怨みつらみで謀をなすのではない。再三に亘って助力してくれた、徳川家康という人への義を果たすためである。

義光はその後、出羽に戻って内治を整え、兵を練った。

一方では忍びの者を使い、京や大坂の動向を逐一報じさせている。家康は、秀吉が禁じていた大名同士の縁組を取り仕切るようになり、また慶長の役で外地に赴いた諸将に加増を行なうなどして、利と心情の両面から味方を増やしているそうだ。慶長四年閏三月に一方の重鎮たる前田利家が死去すると、こうした動きはなお勢いを増した。

月日はさらに流れた。豊臣家中は家康の独裁となり、今や「家康が大坂を離れたら三成が挙兵する」と囁かれている。武士だけではない。商人や百姓にも一致した見方であった。

機は、熟した。

慶長五年春二月、氏家守棟が山形城の居室に参じた。

「申し上げます。上杉景勝殿、会津は神指《こうざし》の地に城を築いている由にて」

義光の顔に、じわじわと笑みが浮かんだ。

「やっと、か」

何でも良い、上杉の動きを知らせよと、かねて命じていた。越後から会津に国替えとなった上は、国内を整えるため、必ず何かすると睨んでいたのだ。

そもそもが因縁の深い相手であった。上杉方の不意打ちによって、最上家が領していた庄内の地を奪われた経緯もある。義光はこれが秀吉の「惣無事令」に反すると申し立てたものの、秀吉は早くから従っていた上杉を重んじて聞き入れなかった。この時も家康は、義光の申し立てこそ正論であると擁護してくれた。

「最高の生贄《いけにえ》だ」

ぼそりと呟くと、義光はすぐに書状をしたため、待たせていた守棟に手渡した。未だ墨が乾かぬため、紙は畳んでいない。

守棟は文面に目を落とした。

「会津黄門《こうもん》・上杉景勝、神指に城を縄張りし、武具兵糧を蓄えんと企てており候。義光の見るところ、これ全て豊臣に弓引く支度に候えば……。讒訴にござるか。このために会津を探っておられたのですな」

「今の内府様が欲しておられるのは、大坂を離れる口実だ。石田三成に兵を挙げさせ、天下取りの戦を始めるための……な」

切り裂くが如き眼差しを真正面から受け、守棟はごくりと唾を飲み込んだ。

義光の睨んだとおり、家康はこの書状を機に上杉を糾弾し始めた。そして四ヵ月後の六月、会津征伐の軍を発するに至った。

だが、と義光は思う。

征伐軍が会津に至ることは、まずあるまい。きっと三成が兵を挙げ、家康はそちらと戦うことになる。上杉と戦を構えるのは、己——最上義光なのだと。

＊

慶長五年八月、山形城本丸館の広間には怒号が飛び交っていた。

「全て退くとは、これはどういうことか。内府様のご下命で交わした血判誓書を何と心得る」

「あろうことか、伊達まで上杉と和睦するとは！」

重臣たちが激昂して声を荒らげた。

義光は目を伏せ、腕組みをして、怒りの声を聞いた。しかし、胸の内では頷首《がんしゅ》するところもあった。

奥羽には、心から豊臣に服していた者が少ない。十年前の小田原征伐に於いて参陣しなかった者、或いは遅参した者の多くが改易されて不遇を託ち、或いは存続した大名家でも減俸の憂き目を見た者が多かった。家康はそうした国情を汲み、北陸奥の南《なん》部《ぶ》利直《としなお》、北出羽の秋田《あきた》実季《さねすえ》や戸《と》沢政盛《ざわまさもり》、その他にも本堂《ほんどう》・六郷《ろくごう》・赤尾津《あかおつ》・滝沢《たきざわ》などの国人衆を取り込んで、会津の北――義光の山形に集結させていた。

だが石田三成の挙兵によって、この奥羽連合は瓦解《がかい》した。家康率いる会津征伐軍が、反転して西上してしまったからだ。山形の奥羽連合は一万余、対して上杉は、留守居を除いても三万に近い数を揃えていた。寄せ集めの小大名や国人衆が尻込みするのも当然であった。

「かくなる上は、兵を退いた皆々を背後から攻め立て、引きずり戻さねばなりますまい」

冷静で思慮深いはずの氏家守棟までが、こう言う。義光は目を見開いて一喝した。

「静まれい」

皆が驚いて口を噤み、一斉に眼差しを向けてきた。

「我らのみで上杉を迎え撃つ」

評定の席が、ざわ、と揺れる。

「当家には、七千しかおらぬのですぞ」

守棟の言こそ正論であろう。だが義光は、ぴしゃりと返した。

「窮地と見て逃げる奴輩など頼りにならぬ。それに、退いた者共を追い討ちする方が危うい。上杉を甘く見てはならぬ。こちらに不和ありと察すれば、一気に背を襲う支度はある」

「されど、このままでは内府様に面目が立ちませぬ。ご一考を」

義光は決然と首を横に振った。

「多分に心根の定まらぬ、浮ついた者たちだ。無理を強いれば寝返りを出し、余計に面目が立たぬことになろう。だがこの義光は、左様な者とは違う。豊臣の下に甘んじて辛酸を舐め続けたのだ。内府様には折に触れてお力添えをいただき、最上家を支えていただいた。二心なし、あるのは意気に感ずる心、人の心……義のみである。さすれば如何なる窮地とて身命を賭し、最後まで奮戦する覚悟ぞ。皆はどうか」

評定の場が、しんと静まった。誰もが俯き、自らを恥じていた。

「わしと共に、戦ってくれ」

居並ぶ重臣たちが、一斉に「応」と拳を突き上げた。

九月八日、上杉軍は米沢と庄内から最上領へと侵攻を始めた。庄内からは三千が東進し、米沢からは上杉重臣・直江兼続を大将とする二万五千が北進している。

圧倒的に不利な状況ながら、最上勢は小勢で良く抗った。

山形の西十五里ほど、畑谷《はたや》城の江口光清《えぐちあききよ》は手勢五百を率いて奮闘し、直江兼続の本隊に千を超える損兵を強いて玉砕した。同じく南西に二十余里の上山《かみのやま》城では里見民部《さとみみんぶ》が敵を奇襲し、五百の手勢で敵方四千を釘付けにしている。

もっとも最上家中にあるのは、最後まで奮戦すべしと誓い合った意地のみである。それだけで数の大差をどうにかできるはずもなく、山形を取り囲む支城は次々と落ちていった。本城の山形に残した兵は四千、未だ持ち堪えている支城の兵に至っては、合わせて千五百に満たぬほどに目減りしている。

そしてついに、義光の喉元にも刃が突き付けられた。

　九月十五日、直江兼続が一万八千を率い、山形城から南西わずか十余里の長谷堂《はせどう》城に迫っていた。ここを落とされたら山形は裸同然である。義光は家中で一、二を争う武辺の将・志村光安に千の兵を与え、防戦に当たらせた。

　本丸館の広間に地図を広げ、寄せ手の陣所に碁石を置く。それをじろりと見つめ、義光は問うた。

「長谷堂の敵は、どうしておるか」

　即座に守棟が答えた。

「攻めあぐね、陣を固めている様子です。先に畑谷の光清が痛め付けたのが、相当に効いているものと思われます」

　頷いて、地図の上に指を滑らせ、円を描いた。

「長谷堂は田に囲まれておる。守棟、近隣の百姓を使い、田に水を引き入れさせい」

「え？　刈り入れ寸前ですぞ。今から水を入れては……」

　少し頭を持ち上げて、掬い上げるように見返した。

「四、五日なら持つ。放って置けば踏み潰されるか、刈田働きで奪われるばかりだ。やれ」

「は……はっ」

　勢い良く立ち上がった守棟の背に、義光はもうひとつの指示を与えた。

「待て。敵は……春日元忠《かすがもとただ》の陣が手薄だ。光安に夜討ちを命じよ。水を入れる前の晩にだ」

畑谷城の江口光清が、命懸けで与えた打撃は大きい。敵軍には数があるゆえ、連戦の疲れを癒し、傷を負った者を労わる暇がある。それこそが攻め口だ。

この策は見事に当たった。その晩の敵陣は、長谷堂城の決死隊二百に寝込みを襲われて壊乱の体となり、同士討ちを演じた。上杉軍は雪辱を期して翌朝から城を攻め立てたものの、晩秋に水を引き入れた深田の泥に足を取られ、満足に動けぬまま鉄砲の餌食となった。

この戦果を受け、九月二十五日、義光はついに出陣した。

山形城に残された三千の全てを率い、直江兼続の本隊から三里半ほど北、稲荷塚《いなりづか》に陣所を構えて睨みを利かせる。

そのまま過ごすこと二日、長子の義康《よしやす》が本陣を訪れた。痺れを切らしたような、苛立った面持ちであった。

「何ゆえ、光安の加勢に向かわぬのです」

荒々しい語気に、含み笑いで応じた。

「先に、守棟にも同じことを言われた。其方も左様に思うなら、まずは祝着だ」

「何が祝着なのです。こうしている間にも、光安が討ち死にするやも――」

「それは、ない」

言下に退けると、義康はあんぐりと口を開いた。じろり、と鋭い目を向ける。

「なぜ加勢せぬのか……寄せ手も、皆が同じに考えていよう。それが狙いだ。さすれば兼続め、城攻めだけを考えていられなくなる。いつ後ろを取られるかと疑心が湧き、或いは」

義光は「クク」と笑った。

「この『狐』が、闇討ちの忍びでも差し向けんとしているのではないか……とな。思う心が攻めの手を鈍らせ、半端な戦をせざるを得ぬようになる。それ以外の道を封じてやるのだ。まあ見ておれ、敵は損兵を重ねようて」

義康は、開いていた口を閉じた。

戦は、義光の言うとおりになった。上杉軍は長谷堂城に兵を向けるものの、城を落とすには至らなかった。あまつさえ豪勇で鳴らす上泉泰綱《かみいずみやすつな》を討ち死にさせ、戦が始まった頃のような勢いをなくしてしまった。

敵にしてみれば、楽に勝てる戦だったはずだ。それが膠着に陥っている。これで良い。冬の風が厳しくなれば、敵は退路を考えねばならなくなる。

あと一ヵ月、何としても持ち堪えるべしと、気を引き締め直した矢先であった。九月二十九日の晩、上杉軍が陣払いに掛かっているという報せがもたらされた。

義光は床机を倒さんばかりの勢いで立ち上がった。

「もしや……」

時節は晩秋が初冬に代わろうかという頃で、退くには早い。考えられる線は、ただひとつであった。

「守棟、守棟はおらぬか」

すぐに守棟を呼び、家康と三成の戦い——関ヶ原の動向を探るべく、八方に人を放たせた。

そうして一昼夜の後、忍びの者が報せを持ち帰った。

「内府様、石田……いやさ、豊臣軍に大勝の由にござる」

「確かな話か」

義光が問うと、忍びの者は胸を張った。

「徳川領の上野にて確かめ申した。間違いございませぬ」

本陣に参じた重臣たちが、揃って喝采《かっさい》した。

しかし義光は、ただひとり無言を貫いた。その前に守棟が転がるように走り出で、跪く。

「お喜び申し上げます。長年の屈辱を、ようやく晴らされましたな」

駒姫や大崎御前のことを思ったのであろう、涙を流している。その顔に向け、厳しく一喝を加えた。

「たわけ」

守棟が、びくりと身を震わせる。面差し厳しく、なお続けた。

「我が子を無慈悲に奪われる痛みを、あの世の秀吉めに教えてやらねばならぬ。畜生猿の血を根絶やしにするまで、この義光は狐……妖狐であり続けるぞ」

一同の歓声がぴたりと止む。義光は「だが」と微笑を湛えた。

「我らは義によって奮戦し、新たな天下人の軍となった。上杉は明日にも兵を退くであろう。まずは、これを散々に打ちのめすべし！」

静まり返っていた本陣が、再び、わっと沸いた。

関ヶ原の戦いに勝利を収めた家康は江戸に幕府を開くと、最上家を出羽山形五十七万石に封じた。豊臣は形の上では徳川の主家であり続けたが、もはや近畿の一大名でしかない。混乱の渦に飲み込まれ、ついに秀吉の葬儀が営まれることもなかった。

そして、戦いから十五年が過ぎた慶長二十年五月八日、家康は大坂城に豊臣秀頼を攻め、自害に追い込んだ。秀吉の血脈はここに断たれた。

この一年前に、最上義光は世を去っていた。自らの次男・家親《いえちか》を家康の近習として仕えさせ、最後まで義を示しての往生であった。家康が逝去したのは、豊臣滅亡の翌年である。

鷹の目

高野山の麓に庵を結んで三ヵ月、木々の葉がそこはかとなく色付く頃になってい
た。夕暮れ時を前に、明り取りからは斜めの日が黄色く差し込んでいる。外で薪を割
る音が響く中、秀信《ひでのぶ》は庵の板間で筵《むしろ》を被り、身を横たえていた。

「三九郎《さんくろう》」

掠れて力の入らぬ声を聞き逃すことなく、竹内《たけうち》三九郎はすぐに薪割りの手を止め、
土間に進んで跪いた。

「中納言様、御用にござりましょうや」

従者の言に苦笑が漏れた。岐阜中納言――今でもそう呼ぶのは三九郎だけである。
余の者は、織田秀信という者がいたことさえ忘れたく思っているのだろう。

「少し身を起こしたい」

手を貸してくれと頼むと、三九郎は「はっ」と小さく一礼して板間に上がり、こち
らの背を支えてゆっくりと起こした。秀信は胡坐を緩く組んで背を丸め、顔だけを前

に向けて問うた。

「関ヶ原から何年経った」

「五年にございます」

「……そうか」

あの戦いに先んじて、秀信の岐阜城は徳川家康の兵に攻め落とされた。助命されて高野山に流されるも、それからの苦痛がたったの五年だったとは。

「武士も人、僧も人か」

俗世と切り離されているせいか、僧の方が人の醜さを凝り固まらせている。そう思うほどに、高野山での日々は酷いものであった。祖父・織田信長の紀州征伐に於いて高野山が攻められたことを以て、孫たる秀信は厳しく虐《しいた》げられた。百姓家にも見劣る土間ひとつの東屋を僧坊として宛がわれ、そこから出ることすら容易に許されなかった。冬には冷たい隙間風が抜け放題で、酷く身を冷やした。飯は朝夕の粥一杯のみ、次第に体を弱らせてゆく中、岐阜から従って来た十四人の者たちも、気が付けば三九郎ひとりになってしまった。

そして今年、慶長十年（一六〇五年）の五月には、ついに高野山から放り出された。病を得て先が短いと見られたからである。信長の孫のためには経のひとつも読みたくないのだろうが、秀信にとっては檻《おり》から放たれたに等しい喜びがあった。

檻、と考えて、秀信は土間の片隅を見た。薄暗がりには木の枝を簡素に組んだだけの檻があって、その中に一羽の鷹を飼っていた。震える手を伸ばし、そちらを指差して命じる。

「鷹……白雲《しらくも》を、これへ」

三九郎は眉をひそめた。

「爪が腕に痛《いと》うございましょう」

「良いのだ。皮を破られたとて、もう流れる血もあるまい」

かさかさと乾いた笑い声を聞き、三九郎は悲しげな顔で一礼して鷹を出して来た。秀信が腕を前に出すと、白雲は頼りない羽音を立てて飛び、腕に止まった。元々は雄大な姿だったが、今は痩せ衰えて見る影もない。それでも羽の多くが白い姿は、未だ清らかに見えた。

「おまえを放してやろうと思う。どうだ」

語りかけると、白雲は丸い目をきょとんとさせていた。鷹の代わりに三九郎が問う。

「よろしいのですか」

「わしが山におる間、其方が面倒を見てくれた。とは申せ、もう返すこともできぬのだ」

「されど白雲は、ずっと逃げなかったのですぞ」

粗末な檻を破るくらい、苦もなくできたはずだ。なのに、そうしなかった。雄々《おお》しい体を養うのには、三九郎が捕まえてくる野鼠や兎だけでは足りなかっただろうに、ずっとこの身に寄り添う如く、留まっていてくれたのだ。しかし、と秀信は頭を振った。

「もう間もなくだ」

「何を仰せられます」

三九郎が切羽詰った声を出す。しかし秀信には、自らの命が尽きようとしていることが良く分かっていた。

「其方にも重ねて礼を申す」

目に薄っすらと涙を湛えて微笑みかけると、三九郎は俯いて嗚咽《おえつ》を漏らした。その姿に心中で深く謝し、震える腕に止まったままの白雲に語りかけた。

「元々、おまえは借り物だった。あやつに返すはずだったのに……な」

秀信は深く溜息をつき、白雲を貸してくれた男に思いを馳せた。

＊

齢十一の時――。

金華山《きんかざん》の頂、岐阜城本丸を抜ける風はまだ冷たかった。だが春一月とあって、夏場に比べて日の光は澄んだ色をしている。閉め切った中の間の障子が昼前の明るさに白く映え、目の前に平伏する小豆《あずき》色の小袖を浮かび上がらせていた。

「侍従《じじゅう》様に於かれましては、ご機嫌麗《うるわ》しゅう」

挨拶の言葉に頷き、秀信は「面を上げられよ」と返した。たったそれだけの言葉が少し掠れていた。こちらの緊張を察したか、右手の傍らにある家老・木造長政《こづくりながまさ》が柔らかく応じた。

「ご使者、大儀にござる」

応じて、のっぺりした色白が顔を上げた。関白・豊臣秀吉の近習、石田治部少輔三成である。三成は長政をちらりと見て会釈し、懐から取り出した書状を開いた。

「織田侍従様。殿下より戦触れが下されましたゆえ、お伝えに上がりました」

発して書面をこちらに見せ、包みの奉書紙と共に長政に手渡す。その間も面持ちひとつ変えない三成に、秀信は小さく身震いした。

祖父・信長と父・信忠《のぶただ》が本能寺で討たれたのは、秀信が三歳の時であった。以後は秀吉の庇護を受け、三成とも互いを見知っている。秀信が二年前に九歳で元服すると、三成が岐阜を訪れることも多くなっていた。

「ついに小田原を攻めるのか」

未だ掠れがちな声で問う。三成は平らかな顔のまま、ひと呼吸より微妙に長いかと思えるくらいの、おかしな間を置いて応じた。

「初陣にござりますぞ。亡き信長公、信忠公への面目を施されませ」

長政が「おお」と感じ入ったように声を上げた。

「秀信公は信長公に良く似ておられます。必ずや武勲を挙げて初陣を飾られると信じ、我ら家臣一同も力を尽くす所存にて」

秀信は伏し目がちに頷いた。声は出せなかった。

長政が言うには、吊り気味の眉と目元が祖父に良く似ているそうだ。己が顔は頬骨がやや張った大豆のような輪郭だが、もう少し細っそりしていれば生き写しなのだと。それゆえだろうか、祖父のように誇り高く生きねばならぬ、天下人の嫡孫であることを忘れるなかれと、繰り返し言われてきた。

(……誇りとは)

何なのだろう。静かな溜息が鼻から抜けていった。

「ご懸念でも？」

黙っていたからか、三成が問うてきた。小さく「いや」と返すと、三成はまた、少しおかしな間を置いて発した。

「小田原攻めでは鉄砲方を千ほどお出しくだされ。戦上手で知られた堀秀政《ほりひでまさ》殿の隊に参陣いただくものなれば、大船に乗ったおつもりで」

初陣が気懸かりなのではない。先からの三成の受け答えにこそ不安があった。どうにも、何か勘繰られていると思えてならない。それが嫌で、今度は無理に大声を出した。

「よしなに頼む」

元服する少し前には、本当なら己こそ天下人だったと悔しく思ったこともある。しかし岐阜城主となって二年、再三に亘る三成の訪問を受けるほどに、そうした気持ちは疑い、或いは恐れというものに変わっていった。然したる用がなくとも「機嫌伺い」と称して岐阜に参じるのは、もしや秀吉の意向によるのではないか。秀吉がかつての主筋を邪魔に思い、鵜《う》の目鷹の目で粗《あら》を探して陥れ、潰そうとしているのだとしたら、と。

秀信は大きく息を吸い込み、しばし止めて長く吐き出した。胸が苦しい。一月だというのに、額に軽く汗が浮く。

「やはり、何かおありでしょうや」

三成が珍しく小首を傾げる。しまった——秀信は身を固めた。胸中の疑心に囚われ、つい、じっと顔を見たままになっていた。何か言わねば。

「あ……その。関白殿下は、小田原をどのように攻められるのか」

やっとのことで捻り出した問いであった。三成はすまし顔のまま俯き、しばしの後、わずかに目を見開いて「ああ」と得心したように頷いた。

「北条氏政《うじまさ》と氏直は、恐らく小田原の堅固なることを頼んで籠城いたしましょう。殿下は付け城を築いて囲み、締め上げると仰せです」

そう答え、ふと溜息をつく。その姿に二つの違和を覚え、秀信はぴくりと眉を動かした。

おかしいと感じたひとつは、三成の言葉が遅れた理由である。秀吉が小田原の攻め方を決めているのなら、返答までの思案は何だったのか。その後の得心顔も気になる。

少しの沈黙を破り、三成がゆっくりと言葉を継いだ。

「小田原までの道中では、北条方の城を落とさねばなりませぬ。されど堀秀政殿は六番隊にござれば、先手として矢面に立つことは少ないはず。激しい戦をすることはござりませぬゆえ、お気を楽にお持ちくだされ」

「そうか」

秀信は頷いてそのまま俯き、顔を赤らめた。秀吉が小田原をどのように攻めるのか、問うた真意を三成は見通したのだろう。秀吉は己を弾除けにでも使い、あわよくば織田の嫡流を断とうとしているのではないか——そうした恐れを和らげ、安堵せよと諭すための、ゆったりとした物言いだったのだ。

訳が知れると、自らの浅知恵に嫌気が差した。三成は齢三十一、秀吉第一の近習たる切れ者である。やっと十一を数えた己の心中など見通されて当然だった。斯くも己が器は小さい。顔つきが祖父に似ているだけ、織田信長の孫というだけなのだ。

（……重い）

初めて、はっきりと分かった。生まれながらに背負わされたものは、己の器には大きすぎる。秀吉を恐れ、三成を疑い、常に人の顔色を見ずにはいられないのは、そのためなのだろう。

頼りない思いに、俯いた顔をやや持ち上げる。三成は、にこりと微笑んで口を開いた。

「二月には小田原に向けて発します。戦支度に滞りなきよう、くれぐれもお願い仕る」

長政が勢い良く「承知仕った」と返す。そちらに向けて頷く三成の首が、幾らか重たそうに見えた。

（あ……）

最前に感じた違和の、もうひとつが明らかになった。先の溜息、そしてこの佇まい、どうやら三成は疲れている。何ゆえか——今までのやり取りで、じわりと胸に伝わるものがあった。もしや三成は、己のために疲れているのではないか。

「然らば、これにて」

座を立った三成の背が、一見しただけでは分からぬほどに丸まっていた。滲み出ているのは疲れと、もうひとつ、安堵である。やはり間違いない。ただでさえ多忙な身が、己の初陣にできるだけ無難な持ち場をと骨を折ってくれたのだ。秀信は心底からの声を向けた。

「治部」

「はい」

静かに振り向く。互いの眼差しが絡んだ。

どうやら三成を見誤っていた。血筋の重さに押し潰されて身を守ろうとし、人を疑ってきたからだ。しかし、ようやく目が覚めた。三成はきっと、己がそういう深みに嵌まっていると見抜き、案じ続けていた。折に触れて岐阜を訪れたのも、全てはそのためではなかったか。

己は何とつまらぬことを考え、窮屈な生き方をしていたのだろう。自身の愚かさを認めると胸のつかえが取れる思いである。秀信は主座にありながら深く頭を垂れた。

「痛み入る」

ひと言に詫びの気持ちと謝意を込め、晴れやかな顔を上げた。

「お気になさらず」

静かに会釈して三成は立ち去った。声音はいつもどおりの素っ気ない調子だが、静かに遠くなる足音には、どこか軽やかな響きがあった。それが嬉しくて、秀信は傍らの家老に声をかけた。

「長政。治部は良い男だな」

「はあ……。それがしには良く分かりませぬが」

さもあろう、相手は容易く胸の内を見せぬ男である。だが己には確かな誠が感じられた。人の顔色ばかり見てきたからこそ、余人には分からぬ心の移ろいを察せられたのか。だとすれば、この窮屈な性分も悪いことばかりではない。朗らかな顔を向けると、長政は狐に摘まれたような面持ちになった。

＊

「いやはや、愉快、愉快」

肥前名護屋城の本丸、天守の大広間で秀吉が相好を崩した。秀信は穏やかな面持ちでそちらに目を遣る。ただでさえ皺くちゃな秀吉の顔は、およそ平らなところがなくなっていた。

「それもこれも、殿下のご威徳の為せる業にござりましょう」

主座の右手筆頭で徳川家康が発した。一方の大将としては小柄だが肉付きは良い。丸顔には満面の笑みが湛えられていた。家康の下座には前田利家、秀信は二人の向かいに座を取っている。秀吉は五十七、利家が五十六を数え、家康は五十一、対して秀信は十四歳である。老境の三人に交じっていることに居心地の悪さを覚えつつ、顔には出すまいと笑みを作った。

小田原征伐から四年が過ぎていた。北条氏政・氏直父子を下し、次いで奥羽の仕置きを終えた秀吉は日本全土を従える身となった。然る後は海の向こうを斬り従えんと、二年前から朝鮮王国と明帝国に出兵している。この唐入りに際して関白の座は甥の秀次に譲り、自身は太閤と呼ばれるようになっていた。

「明国の遣いも、この城を見れば腰を抜かしましょう。殿下の前に跪くのは明らかにて」

家康の朗らかな声が続く。確かに名護屋城は壮麗の一語に尽きた。本丸の建物には全て金瓦を配し、遠目には折り重なる金の山稜と映る。壁の漆喰はどこまでも白く、柱にはふんだんに朱漆を使い、見る者の度肝を抜くであろう。しかし秀信には、言葉どおりに受け取れずにいた。家康が秀吉の上機嫌に追従しているようにしか思えないのだ。向かって左脇、利家のやや難しい顔が余計に目立って見えた。

（またも）

人の顔色を見ているな、と自らに呆れた。もっともそれは家康とて同じであろう。

此度の明使は和議のためだが、向こうから持ちかけられた講和ということで、秀吉の側から条件が出されている。遣いを迎える同問祇《どうもんし》候之衆《こうのしゅう》として、秀信にもその内容は知らされていた。祇候の筆頭たる家康があの酷い要求を知らぬはずはない。明帝の姫を日本の帝の妃に差し出せ、朝鮮の王子を人質に寄越せ、朝鮮の半分を寄越せと、七条のうち三つの条件を聞いただけで、決裂は火を見るよりも明らかだった。

家康は、どうしてこうも朗らかでいられるのだろう。ことの重大さが分からぬとは思えない。祖父・信長は「常に能ある者であり続けよ」と家臣を叱咤し続けたらしいが、その人が第一の盟友と認めたのが家康なのである。

「中納言殿、どうしたんじゃ。黙ったきりで」

秀吉に声をかけられ、秀信は主座に向いて柔らかく首を傾げた。

「どうした、というようなことは。異国の者を迎えるとあって、いささか落ち着かぬのです」

「信長公のご嫡孫が何を言うとるんかや。堂々としとればよかろうて」

秀吉は、からからと笑った。主従が入れ替わっても一応は織田を立てている。三年前のあの日に三成の誠を感じ、以後は全て三成の指南に従ってきたからこそだ。秀信は静かに「はい」と頷き、心持ち胸を張った。

「明国ご使者、沈惟敬《しんいけい》殿。ご到着にございます」

広間の下座に向かって右手、廊下から声が渡った。その三成である。秀吉が尊大に「通せ」と命じると、廊下の向こうから静かな足音が聞こえてきた。

三成と増田長盛、大谷吉継《よしつぐ》、遠征軍の奉行衆三人が導いたのは、上背が六尺（一尺は約三十・三センチメートル）近くもあろうかという大男だった。しかし剛の者という風ではなく、痩せてひょろりと長い。白群《びゃくぐん》色の着物を着流し、その上に足許まである薄紫の羽織を纏って、歩きにくそうに畳を進んだ。付き従う者がひとりあって、これは幾らか身なりが見劣る。

沈惟敬が広間の中央に進み、何やら述べた。明の言葉は分からない。沈に続いて、先に見た従者らしき男が、たどたどしく日本の言葉で発した。

「大明帝国が遣い、沈惟敬。日本国王・豊臣秀吉殿のご尊顔を拝し、恐悦にございます」

その後もこの通辞を介して口上が進められた。日本と明が争い、明は先に一戦して敗れるも、日本とて大きく兵を損じた。この上なお戦い続けるのは双方ともに無益であるゆえ、和議を結んで互いに栄える道を見出したい。それが使者の述べる大意である。

秀吉は終始、笑みを絶やさずにいた。講和のために出した条件――全てではないにせよ、あの無理難題を相手が呑むと思っているのだろうか。

「其方の申しよう、聞き置く。仔細は後の談合にて取り決めるべし」

日頃の尾張弁ではなく、威儀を正した言葉で秀吉が返す。そして奉行衆を向いた。三人は使者を導いて来た後、入り口近くに座を取っていた。

「どうじゃ治部。わしが申し渡した条件は、もう伝えておるか」

「談合の多くは小西行長殿に委ねられます。まずは小西殿にお伝えしておりますれば、信じてお任せあるがよろしいでしょう」

三成の物腰はいつもどおり、言葉も面持ちも平坦そのものである。しかし秀信は「おや」と思った。どこか、言葉尻の熱とでもいうものが足りない気がする。

訝しく思い、残る奉行衆に目を流す。大谷吉継は病――皮膚が爛《ただ》れ、或いは固まって面相が崩れる業病――ゆえに頭を帽子《もうす》で覆い、麻布を巻いて顔を隠している。これでは心中は見通せない。しかし奉行のもうひとり、増田長盛は頬が強張って落ち着かぬ風であった。

(やはり、おかしい)

己の知らぬところで、何か大変な動きがあるのではないか。

「あい分かった。吉報を待っておるぞ」

思念は秀吉のひと言で断ち切られた。三成が「はっ」と頭を垂れる。

「然らば奉行衆はこの後、ご使者一行をお送りして朝鮮に戻り、引き続き彼の地にて任に就きまする」

発して結ばれた三成の口元に、秀信は常ならぬものを見た。上下の唇を軽く押し付けるほどの動きだが、いつもは見ない力が加わっている。

（偽り……なのか）

三成は常に平らかな顔をしているがゆえ、胸の内を見通しにくい。だが己の知る限り、これまで嘘を言ったことはなかった。そういう男が初めて見せた奇妙な面差しは、何かを偽っていると疑わせるに十分であった。

沈惟敬と通辞を伴い、三成らが下がっていく。ふと秀吉に顔を戻せば、首座の傍らにある家康が目に入った。先と同じ満面の笑みながら、眼光が尋常でなかった。ぞくりと背に粟が立つ。間違いない、家康も和議が整わぬことを見通している。その上で今の三成に何かを感じたのだ。

秀信は、思わず声を上げた。

「殿下。少し治部と話したいのですが、よろしゅうござりましょうや」

秀吉は、ひゃっ、ひゃっ、と猿のように笑った。

「中納言殿は治部と昵懇じゃからのう。あれが朝鮮に渡ったままで寂しかったか。わしらに構うこたあにゃあで、行くがええ」

「忝《かたじけの》う存じます」

ひとつ平伏して秀吉の前を辞すると、先に立ち去った一行を追う。足早に進んだ廊下の向こうに、それらの姿があった。沈惟敬と通辞の前に三成と増田、後ろには大谷があり、守るようにしてゆっくり進んでいる。三成の背は見落としそうなくらいに丸まって、いつか見たのと同じ——否、それ以上の疲れを滲ませていた。

「治部」

呼び声に、三成は「遠くに物音を聞いた」とでもいうような顔を見せた。そして使者の案内を増田と大谷に任せ、自らはこちらに歩を進めて来た。

「お久しゅうございます」

挨拶を受け、秀信は無言で頷く。こちらの顔に張り詰めたものを認めたのだろう、三成はごくわずかに眉根を寄せた。

「何かおありで?」

「談合、どうする」

すると、薄く開かれた唇の間を滑らせるように、短い溜息をついた。

「中納言様がご懸念なされることでは」

突き放すような響きがある。あたかも「関わろうとするな」とでも言いたげに。それによって悟った。和議が纏まらぬことは、当の三成が最も良く承知している。それでいて、何とかしようと煩悶しているのだ。

「……無茶をするなよ」

そう言うことしかできない。三成は半ば目を伏せて会釈し、去って行った。

＊

高野山の麓の庵には、静かな時が流れていた。白雲――三成から借りた鷹は秀信の腕が震えているのを察し、自ら膝頭へと下りた。賢い奴だ、と頭を撫でてやる。

「おまえの主はな」

文禄の唐入りに際しての和議交渉で、三成と小西行長は秀吉の要求を握り潰し、明国には伝えていなかった。内々の話として、備前中納言・宇喜多秀家から聞いた話である。決裂すると分かっていて吹っ掛けるより、本当に両国が講和できる道を、三成は探ろうとしたのだ。命懸けであったろう。

白雲は頭を撫でられて嬉しそうな目を見せた。秀信は透き通った笑みを向けた。

「治部は大した男であったぞ」

今から思えば、したたかな男だ。秀吉は和議交渉の決裂に素晴らしく怒ったが、三成や小西は罰せられていない。上手く立ち回ったがゆえの結末だろうが、一方では「治部なからずんば豊臣もなし」と自負していたのに違いない。そうでなければ、天下人に裏で背くことなどできぬ。

もっとも、それゆえの苦しみもあったのだろう。二度めの唐入りを前にして顔を合わせた日が思い出された。

*

「黒龍《こくりゅう》！」

金華山の麓、岐阜城下の野に三成の声が飛ぶ。一羽の鷹が黒光りする羽を大きく拡げ、嘴《くちばし》に小ぶりの雉《きじ》を咥《くわ》えて悠々と空を滑っていた。主人の呼び掛けに応じた鷹は、獲物を狩ったことを誇るように旋回し、差し出された左手、鹿革の手甲に舞い降りた。

「また獲ったか」

秀信は顔を綻ばせて三成に馬を寄せた。向こうも馬上で会釈し、にこりと笑った。

「今宵はこの雉を焼き、酒など如何です」

秀信は少し肩をすくめた。
「馳走になろう。とは申せ……お主は中々に豪胆よな」
「何がでしょう」
平らな顔で問われ、苦笑が浮かんだ。
「左様なところがだ。再びの唐入りを前に、もっと汲々としておるとばかり思ってい
た。少しでも気を紛らわせてやろうと鷹狩りに誘ったが、無用の懸念であったかな」
「ああ……」
得心して頷くと同時に、三成の顔には深い苦悩が浮かんだ。相変わらず分かりにく
いが、眉尻が沈んだ辺りに胸の内が見て取れる。
「戦のことは、海を渡る者と目付衆に任せておれば。それがしは殿下のお傍にあって
諸々を取り仕切るべしとの、有難き思し召しにござります」
「そうか」
ひとりでに労わる声音になった。三成は「戦のことは」と言った。どういう意味か
は薄々察せられる。文禄の唐入りでも糧道を脅かされて苦戦し、和睦という寝技に持
ち込んだ。此度とて戦だけで決する話ではないのだろう。別の道で何とかせねばなら
ぬ――静かに過ぎる息遣いに、それを担うべき身の労苦が滲み出ていた。
三成は寸時、胸の内が空になったような面持ちを見せた。これは、どういう心の動

きなのだろう。虚を衝かれたこちらの顔に向け、心持ち朗らかな言葉が発せられた。

「何にせよ、中納言様からお誘いを受けたのは初めてのこと。その上、斯様に忝いお心を頂戴できるとは嬉しい限りです」

飾り気のない面持ち、言葉どおりの意味だろう。そう思ってくれるのなら呼んだ甲斐もある。何しろ己は、三成の導きあってこそ、齢十七の今日までを生きてこられたのだ。ふわりと笑みが漏れた。

「昔は治部が恐かった。殿下が織田をどうお思いなのか……。お主がそのご内意を受け、わしの粗を探し、陥れようとしているのではないかと疑っておったのだ」

三成は鷹の嘴から獲物を受け取り、馬廻の者に手渡していたが、こちらの言を聞いて「それはまた」と目を見開いた。往時の我が胸中は承知していたろうに、惚《とぼ》けているのだろう。丸くなった三成の目が、左腕の鷹と同じに見えて、秀信は軽く吹き出した。

「なまじ信長公の血など引くがゆえ、わしは誰を見ても……。あの頃は、こうして十七まで生きているなどと言われても信じられなかったろう」

と、今度は秀信の鷹が山鳩《やまばと》を咥えて戻って来た。左腕を差し出すと、鷹は幾度か羽ばたき、勢いを殺して手甲に止まった。鳩を咥えてこちらを見上げる目が、くりくりと動いていた。

「鵜の目鷹の目、か。人の粗を探して隙を窺う……とは言うものの、実のところ鷹の目は左様に恐ろしくない。きょとんとして、かわいらしいものだ。治部は、それに通じるものを向けてくれた。お主が、わしを救ってくれたのだ」

「左様なことは」

三成は微妙に面映そうなものを見せ、それを隠すように、左腕の鷹を再び空に放った。そしてすまし顔をこちらに向ける。

「岐阜領内には目立った一揆や騒動もなく、商いも盛んになされておられます。これほどの実を上げられたお方を害するなど、あってはならぬことかと」

飽くまで物ごとの道理に従った差配なのだと三成は言う。秀信は「そうだな」と頷き、伏し目がちに口元を引き締めた。三成に従っていれば、己はもう怯えて過ごす必要もない。だが、だからと言って安閑としていて良いものか。

「されど、その『あってはならぬこと』がまた起きようとしている。前の唐入りを見ても分かるとおり、海を渡れば勝っても損、負ければ大損だ。何か、わしに手伝えることはないだろうか」

もどかしい思いに、三成は「ふむ」と頷いた。

「そこを何とかするのが、それがしの役目です。されど中納言様とお話しさせていただき、良い案が浮かび申した」

清々とした顔である。これほどはっきりと思いを映すのは珍しい。何かしら、腹を決めたのだと伝わってきた。

「お主の申す良案とやらが何かは分からぬが」

発して、秀信は「あ」と眉尻を下げた。三成が訝しんで問う。

「どうかなされましたか」

「すまぬ。気を紛らわせるために誘ったと申すに、難しいことを考えさせてしもうた」

三成は「はは」と短く笑った。

「いいえ。楽しんでおりますぞ」

そこへ黒龍——先に放たれた鷹が戻って来た。野兎を捕らえて足に摑んでいる。三成は「お」と右手を出して兎を取る。鷹は、今度は主人の肩に止まった。

「どうです、良い鷹にござりましょう」

笑みを向けられ、秀信の心も少しばかり緩んだ。

「まことに。先からの短い間に、これほどの大物を捕らえて来るとは」

「まだまだ、黒龍はそれがしが養う中では二番手にござる。白雲という名の鷹はさらに美しく、強く、神々しいばかりです」

日頃は素っ気ない男が、この時ばかりは鼻高々であった。嬉しい反面、さも自慢げな顔を小憎らしくも思う。秀信は少し意地悪く無心した。

「ほう。ならば、その一番というのを見てみたい。お主の役目が落ち着いた頃で構わぬゆえ、貸してはくれまいか」

「え？　いや、我が宝にござりますれば」

「譲ってくれと申すのではない。一度だけ狩りをさせたら、必ず返すゆえ」

「……中納言様には敵いませぬな。されど間違いなくお返しくだされますように」

渋々という風に苦笑する三成を見て、秀信は腹の底から笑った。

＊

三成が白雲を貸してくれたのは慶長三年（一五九八年）盛夏六月のことであった。太閤・秀吉が病の床に伏せてしまい、しばらく鷹狩りもできぬから、という理由である。もっとも、斯様な話なら秀信も遊んではいられない。借りた鷹を使わぬままに時が過ぎた。

二ヵ月して八月十八日、秀吉が生涯を閉じた。二度めの唐入りから兵を退かせ、それが終わるとさらに大きな問題が持ち上がる。多忙を極める三成を気遣って、秀信は不要不急の連絡をせぬよう心がけていた。当然、鷹云々は後回しである。

「殿、殿！」

秀信の大坂屋敷、慌しい駆け足が廊下を迫った。家老・木造長政である。慌てふためいた声音に「どうした」と面持ちを引き締める。秀信の居室に入るなり、長政は総身を丸めるように跪いて掠れ声を出した。

「前田利家様、ご生涯にござります」

「何と」

秀吉の後は嫡子・秀頼が継いだものの、当年取って六歳の稚児である。天下を治められるはずもなく、政は徳川家康を筆頭とする五人の年寄、および三成ら五人の奉行衆で行われることが取り決められていた。しかし。

「ここは我らも徳川様との縁を頼む方が良くはござりませぬか。信長公と徳川様は、生涯変わらぬ盟約を結ばれた間柄にござりますれば」

長政が言うように、昨今では家康との交誼を望む者が後を絶たなかった。元々が豊臣家中第一の力を持ち、秀吉の死後は実のところ家康ひとりが重きを成すに至っていたからだ。

「治部は如何しておる」

眉をひそめて問うと、長政は「何を仰せか」と呆気に取られた顔を見せた。

「治部様への肩入れも大概になされませ。あのお方が徳川様に抗し得たのは前田様あってこそなのですぞ」

「だが徳川様のなさりようは酷いものだ。太閤殿下のご遺命に悉《ことごと》く背いておられる」

家康は秀吉が禁じた大名同士の縁組を進め、また勝手に新恩の知行を発給して、自らの味方を集めていた。年寄と奉行による「十人衆」の政を壊そうという肚は明らかである。それに歯止めを掛けていたのが前田利家であり、また三成であった。

長政は、それでも、と顔を強張らせた。

「織田家を潰さぬため、信長公のご遺徳を守るためにござる」

眉間の皺が深くなった。正直なところ祖父の名は重荷、枷でしかない。そこから解き放ってくれた三成を見限ることは、どうしても躊躇《ためら》われる。

「聞き置く。しばし様子を見させてはもらえぬか」

曖昧に返し、一度は長政を下がらせた。だが――。

慶長四年閏三月三日、利家が逝去したその晩に、大坂は騒然となった。福島正則、加藤清正、黒田長政ら七人の将が三成の屋敷を襲ったからである。一報を受け、秀信はすぐに木造長政を召し出した。

「兵を整えるよう、急ぎ国許に書状を飛ばせ」

「は？」

「戦になるやも知れぬ」

長政はひとつ咳払いして返した。

「治部様のお屋敷は蛻《もぬけ》の殻だったとか。落ち延びたのを捕らえるのでしょうや」

「たわけ！　治部に味方するために決まっておる」

今まで見せたことのない激しい剣幕に、長政は大いに気圧された。そして寸時、満足そうな顔を見せたが、すぐに面持ちを引き締めて苦言を呈した。

「大概にと申し上げましたろう。そも、あの御仁は敵を作り過ぎたのです。何を血迷われたか、人の粗を探し、唐入りで懸命に戦う者たちの足を掬っておられた」

秀信は「あ」と口を半開きにした。岐阜で共に鷹狩りを楽しんだ日、三成が「良い案が浮かび申した」と言っていたのを思い出したからである。己はあの日、かつては三成を恐れていたと明かした。粗を探し、陥れんとしているのではないかと疑っていたのだと。そういうことであったか、と得心しつつ返した。

「治部は……朝鮮に渡った目付衆の報せを取り次いだのみぞ」

「それは讒言であったと、もっぱらにござります。治部様ほどのお人が見分けられなかったはずもなく。左様なお方に与するなど、織田嫡流の恥と存じますが」

秀信はいったん目を伏せ、然る後に大きく見開いた。

「否！　文禄の唐入りの折、我ら日の本は何を手に入れたか。何もない！　失うものばかりであった。ならば二度めとてその轍を踏むと、治部は見越しておったのだ。戦を続けること能わざれば、多くを失う前に兵を退くこともできる」

「陥れたは、そのためだと？　左様に思われますのは、殿が治部様と昵懇だからでしょう」

傍目にはそう映るだろう。しかし三成は、粗を探して陥れることを「良い案」と言った。確たる信念あっての讒訴だと、己にだけは分かるのだ。

「昵懇な者に与して何が悪い」

あの日の己と三成を、長政は知らない。ゆえに、何を言っても聞く耳を持たぬだろう。ならばと、敢えて居直って見せた。案の定、長政は何を聞いたか分からぬという顔で口を開けている。そこへ向けて駄目を押した。

「其方は口を開けば信長公、信長公と申す。ならば聞こう。我が祖父のなされたことが、其方には全て分かると申すのか。比叡山《ひえいざん》の焼き討ちも、高野山を攻めたのも、誰もがご存念を測りかねて慄くばかりだったそうな。其方はどうだ」

開いたままだった長政の口が閉じた。秀信は少し声音を和らげて続けた。

「信念あってのことなのだ。恐れられ、謗られ、それでもやらねば……とな。治部が同じでないと、なぜ言える。わしが織田を保ち得たのは治部あってこそだと、其方も承知しておろう。然したる訳もなく信を裏切れるか。信長公は、左様な者に容赦せなんだと聞く」

しばしの無言の後、長政は大きく溜息をついて、しかし満足そうに平伏した。

「ご立派になられて……。承知仕った。それがしは殿に従うのみ」

長政は秀信の下知に従い、三千の兵を整えるよう、岐阜城の留守居・瀧川主膳《たきがわしゆぜん》に書状を飛ばした。だが、この兵は使わずに済んだ。年寄衆の一・宇喜多秀家や、常陸の国主・佐竹義宣らが奔走して、三成の命を救ったからである。

もっとも家康は、三成に所領・近江佐和山での蟄居を命じた。世を騒がせた一方の責を問うという名目である。三成は裁定に従い、嫡子・重家《しげいえ》に家督を譲って佐和山に退いた。

閏三月十日の早暁、秀信は屋敷を出て馬に跨り、数人の馬廻を供に従えて伏見を指した。大坂の町はようやく落ち着きを取り戻していた。日の出を少し前にして、商人の荷車が忙しなく道を行き交っている。

「それ！」

馬に鞭を入れて、急げ、と励ます。大坂城の北詰から淀《よど》川を渡り、川を右手に見て京街道を進むこと四十里（一里は約六百五十メートル）余り、目指す伏見の地へと至った。晩春の暑さゆえ、秀信も馬廻衆も馬上で息を切らしていた。

「殿、あれを」

供のひとりが声を上げる。遠目に見遣る指月《しげつ》の小高い丘、伏見城から物々しい一行が下りて来る。百余の兵の中ほどには三つ巴紋の幟が立っており、家康の次子・結城秀康が率いていることが分かった。具足姿の秀康の脇には、小袖に括り袴という出で立ち――三成があって、兵たちに護衛されている。一行は京を指して北に道を取り、こちらに背を向ける格好になった。秀信は今少し馬を励まし、小走りに進ませた。

「治部！」

向こう二町（一町は約百九メートル）の先に届けと大声を上げる。ややあって、三成は何かに気付いたように振り向いた。

「わしだ。秀信ぞ」

右手の鞭を持ち上げて左右に振る。肩越しの会釈を残し、三成はまた前を向いた。そして、再び顔を見せることはなかった。

しばし、誰も何も言わなかった。

「行ってしもうたか」

秀信の呟きには胸の痛みが滲み出ていた。それを労わるように、馬廻のひとり、竹内三九郎が小声を寄越した。

「何ゆえ、治部様は不服を申し立てられなかったのでしょう」

不思議なもので、三九郎の問いに救われた気がする。秀信は「分からぬ」と応じた。

「されどな」

「はい」

「……いや。何でもない」

右後ろの馬上にある三九郎に頭を振って見せ、馬首を返した。

去り行く三成の背には無念や悲哀など微塵も見て取れなかった。むしろ、あの鷹狩りの日に感じたのと同じもの――確かな決意に満ちていたような気がする。きっと何か、胸に秘めた思いがあるのだろう。

（ならば、わしは）

自らも肚を決めるべしと、秀信は小さく頷いた。

＊

岐阜城本丸の天守にあって、秀信は金華山の麓に広がる城下を眺めた。家康率いる会津征伐軍が東海道を指し、美濃路を進む。家康の馬印、三尺四方の金扇はここからでも目立って見えた。

「まことに、これでよろしいのですな」

左手の隣で、木造長政が念を押すように問う。秀信はしっかりと頷いた。

「治部は必ずや兵を挙げよう。それを待つ」

慶長五年（一六〇〇年）六月も二十日を過ぎていた。一年と三ヵ月前、三成が大坂から弾き出されてからというもの、豊臣の政は家康ひとりの意向で進められている。そのことへの不平か、或いは別の何かが働いたか、昨年九月には家康を闇討ちにする企てが明るみに出た。前田利家の嫡子・利長が首謀者とされ、領国・加賀の征伐が云々されたが、利長は生母まで人質に出して弁明し、戦を避けた。年寄衆のひとりが家康に屈したことで、ますます家康は「天下様」となっていった。

そして此度は会津中納言・上杉景勝である。去る二月に新城・神指の縄張りが聞こえ、家康はこれを「豊臣への叛意」と責めた。上杉は弁明の書状を寄越したものの、それが無礼極まりないと咎めて征伐に及んでいる。

「治部様が動かれなんだら、如何なされます」

不安そうな長政に向け、こともなげに返した。

「その時は追って兵を出せば良い」

「我らの言い訳では、半月ほどしか稼げませせぬぞ」

秀信は失笑を漏らした。

「足軽の雇い入れが遅れたくらいで、それほどにには引き延ばせまい。精々が五日だ。

それに間に合わぬと言えば、家康は織田を疑うだろう。用心深く、目の利く男ぞ」

思い出すのは七年前、明の使者を迎えた日のことである。己は三成の纏う不確かな空気を何となく察した。親しい間柄ゆえであろう。しかし家康は、満面の笑みの中で炯々《けいけい》と目を光らせていた。秀吉の出した講和の条件を握り潰す——三成の思惑を、家康は確かに見通していたのではなかったか。豊臣家中第一の実力は、伊達ではないのだ。

長政は青ざめて唇を震わせた。

「ならば、やはりすぐに兵をお出しなされませ。よしんば治部様と戦う破目になったとて、織田の命運を絶やさぬことが第一ではござらぬか」

「前にも申したろう。人としての信を曲げる訳にはいかぬ。何より家康は豊臣の天下を掠め取ろうとしておるのだ」

毅然として胸を張ると、長政は、がばと平伏して懇願した。

「豊臣は、その天下を織田から掠め取ったのです。覆してこそではござらぬか」

秀信は片膝を突いて屈み、長政の肩に右手を置いた。

「其方の言い分にも一理ある。されど太閤殿下のなさり様を怪しからぬと申すなら、同じことを目論む家康とて許してはなるまい」

長政が泣き出しそうな顔を上げる。秀信は「困ったな」と苦笑を漏らし、清々とした面持ちで立ち上がって城下に目を遣った。家康の金扇は、既に五里も向こうの野に過ぎ去って、夏草の青に小さく煌いている。

「織田の天下はな、もう終わった話なのだ」

己がそれを受け入れたのは、いつのことだろう。少なくとも三成の誠心を感じるまでは、間違いなく拘っていた。深く長く溜息を漏らし、続ける。

「わしは信長公の嫡孫だが、世の頂に立つ器ではない。天下人の血を引く者として何かせねばならぬと言うなら、せめて人のあり様を世に問い、より良い明日を作る一石としたいのだ。祖父の大業に比べれば、ほんの小さな働きに過ぎぬがな」

長政は「はっ」と応じ、ついに涙を落とした。

それから二日、透破の手によって、待ち望んだ書状が届けられた。三成は七月を期して兵を挙げ、毛利輝元や宇喜多秀家らの大物を擁して東海道を攻め下るという。そして家康が出兵の名目とした相手、会津の上杉景勝と手を携え、また三成と懇意にしている常陸の佐竹義宣も味方に引き込み、家康を本拠の武蔵国江戸に封じ込めるという。さてこそと、秀信は三成の求めを快諾した。毛利から四万、宇喜多から二万、上杉と佐竹はそれぞれ二万、大物だけで十万を揃えられるなら小勢を巻き込むことも容易い。十分に勝ち目のある戦であった。

だが——。

「注進、注進！」

八月初め、秀信の居室に伝令が駆け込んだ。暑さも薄らいできた中秋八月に玉の汗を滴らせ、早口に呼ばわる。

「徳川方、会津を手前に踵を返してございます。先手の数、三万！　既に東国を発して尾張を指し、もう幾日かで福島正則が領、清洲城に入るものと思われます」

「何と」

驚きの一声、そして秀信は臍《ほぞ》をかんだ。三成の策に綻びが生じている。こうなる前に宇喜多秀家率いる兵が伊勢《いせ》を制し、尾張に雪崩《なだ》れ込む手筈だったのに。

後手を踏んだのは、三成以下の進軍が半月ほど遅れたためである。家康が西国の拠点とした伏見城を落とすのに時をかけ過ぎたのだ。もっとも伏見は、かつて秀吉が隠居所として築いた城とあって守りは堅い。これもあり得べき流れか、秀信は戦が生き物であることを痛感した。

「長政、長政やある」

呼び声に応じ、少しも待たせず木造長政が駆け付ける。秀信は伝令の一報を聞かせ、重ねて命じた。

「今なら、まだ間に合う。大垣城の治部に遣いを出し、岐阜の先手となる備えを配するよう求めるべし。何としても美濃で食い止めるのだ。伊勢路の宇喜多殿にも、このまま尾張に進むは危うしと伝えよ」

「はっ！」

駆け去る長政を見送ると、秀信はたった今注進に及んだ伝令に命じて、城兵を引き締めに掛かった。

この急報ゆえか、或いは三成も同じ報せを得ていたのか、数日のうちに岐阜城の南、木曾川沿いの米野《こめの》に砦が築かれた。また大垣城からは関一政《せきかずまさ》や加藤貞泰《さだやす》、竹中重門らが発し、濃尾《のうび》国境の犬山《いぬやま》城を固めに掛かった。

そして八月二十二日、ついに徳川方は動いた。

「申し上げます！　米野の砦、落とされましてございます」

宵の口、天守大広間での軍評定に注進が入る。悲痛な声を聞き、居並ぶ家臣が落ち着かぬ思いを口々に吐き出した。

「ついに来るか」

「米野の者共は何をしておったのだ」

「砦は二千、敵は三万ぞ。致し方ない」

どうしたら良い。岐阜城の堅固を頼んで籠もるべきか、或いは夜討ちを仕掛けて敵の先手を蹴散らす手もある。寸時の迷いに、右手筆頭の長政が「殿」と口を開いた。

「ここは城に籠もり、大垣の治部様に後ろ巻きをお願いするが最善と心得ます」

後ろ巻き――後詰を頼める援兵があれば籠城も勝ち戦の手立てとなる。秀信は「うむ」と鋭く頷いた。

「左様であるな」

心を決めた、まさにその時であった。

「犬山より早馬！　加藤将監《しょうげん》様がお目通りを求めておられます」

広間の下座、伝令が廊下に跪いた。この危急に、犬山を固める一方の将・加藤貞泰が訪れるとは尋常でない。すぐに通せと命じると、少しして貞泰が足早に廊下を踏み鳴らして来た。

「岐阜中納言様に申し上げます。敵方、米野を落とした後、我らが犬山に矛先を向け直してござる。我らは城に拠るとは申せ、数は三千。援軍をお願いすべく馳せ参じた次第です」

齢二十一の若武者らしい、はきはきと張りのある大声だった。評定の一同が「いかにも」という風に頷いている。だが秀信だけは「おや」と心中で首を傾げた。

「敵方、米野の三万から犬山にどれほどの数を向けているか、ご承知にござりましょうや」

長政の問いに、貞泰はやはり朗々と返した。

「物見によれば一万はくだらぬとのこと。城攻めなれば、さもありなんと思い申す」

聞いて、秀信の胸はじわりと軋んだ。三千の城兵に寄せ手が一万というのは理に適っている。しかし、どうにも貞泰の顔つきが気になった。馬を飛ばして流れた汗とは別に、額に脂汗が浮いている。

「差し迫った話なのか」

問うてみると、答えたのは貞泰ではなく木造長政であった。

「この期に及んで何を仰せられます。犬山を落とされたら、岐阜は囲まれるのですぞ」

「それは分かっておる。されど――」

「いやさ」

貞泰が割って入った。

「確かに、敵軍が迫るには未だ間があり申す。されどお急ぎいただかねば、迎え撃つ支度とて整えること能わず」

「ふむ……」

やはり、どこか引っ掛かった。先には晴朗な態度だったのが、今は少しばかり慌てている。何より、敵兵の数を正しく調べ果せてもいないというのに、申し訳ないという気持ちがいささかも見えない。堂々とし過ぎているのだ。

「殿！　これ以上の後手を踏んでは」

長政の切迫した声音に、ぐっと奥歯を噛み締めた。

（わしは、またも）

確かに「この期に及んで」と言われても仕方ない。加藤貞泰を良く知る訳でもなし、しかも味方であるというのに、顔色ばかり窺っているとは。自らの窮屈な性分を振り払おうと小刻みに頭を振り、鋭く眼差しを流した。

「残りの敵は岐阜を攻めると見て間違いない。こちらの手当ても要るであろう」

長政は胸を撫で下ろしたように応じた。

「犬山に向かうのが一万なら、残りは二万にござります。ならば犬山には三千を差し向けて打ち破り、我らが許には二千を残さば足りましょう。この城を以てすれば、三日は抗えまする」

三成の入る大垣には、二万ほどの兵がある。これらの半分ほども援軍に出させれば、城との挟み撃ちで十分に勝てるだろうと言う。秀信は「よし」と頷いた。

「犬山は岐阜の命綱、今宵のうちに兵を送ろう。併せて長政、治部に後詰を頼みおくべし。皆の者、必ず勝つぞ」

岐阜城の方針はこれにて固まった。居並ぶ家臣一同が「おう」と声を合わせた。

＊

「稲葉山《いなばやま》砦、落ちましてござる」

伝令の叫びに、秀信は静かに問うた。

「長資《ながすけ》は？」

「はっ！　飯沼《いいぬま》様は兵をまとめ、退き戦に移っておられます」

「命があれば良い。早々に退くよう伝えよ」

先に落ちた瑞龍寺山《ずいりゅうじやま》砦に続いて、城を守る二つめの砦を失った。八月二十三日の朝、寄せ手が岐阜に襲い掛かってから、ものの二時（一時は約二時間）である。秀信は広間の床机に腰を落ち着けていたが、同じく本丸に残った弟・秀則《ひでのり》は苛々して歩き回っていた。

「申し上げます。搦手口に敵の新手！」

戦端が開かれてからというもの、注進は引っ切りなしであった。それでも、この一報は寝耳に水である。秀信が腰を浮かせると、弟はささくれ立った心中をそのまま伝令にぶつけた。

「追手口に二万が寄せておるではないか。この上に新手など！」

伝令は身を小さくして答えた。

「ですが、確かに……」

なお怒鳴ろうとした秀則の肩に手を置いて制し、秀信は落ち着いて尋ねた。

「敵の数と旗印は」

「は……はっ。数は一万ほど、沢瀉《おもだか》紋の幟が見えましてございます」

聞いて歯軋りする。秀則が「馬鹿な」と、さらに声を荒らげた。

「福島正則ではないか。ならば、犬山には誰が向かったと申すのだ」

「騒ぐな！」

一喝して無念の溜息をつき、秀信は再び床机に腰を下ろした。

「頭を使え。わしらは謀られたのだ。うまうまと三千の兵を引き剝がされてしもうた」

秀則は血走った目を泳がせながら声を震わせた。

「敵は犬山に向かっておらなんだと？」

「加藤将監の佇まいが、どこか引っ掛かってな。恐らくあの時にはもう、城ごと寝返っていたのだろう」

「何と、それでは！　長政が、いらぬことを申しておらねば……」

「援軍を出すと決めたのは、わしだ」

弟の言うとおり、確かに木造長政の進言がなければ、どうなっていたかは分からない。だが、これぞ我が弱みだったのだろう。人の思惑を探りながら長じ、今となっては、それがつまらぬことだと知っている。ゆえにこそ、危急に臨んで顔色を窺うのを良しとしなかった。ようやく外れた心の枷が、斯様な形で逆に足を掬うとは。

「如何なさるのです」

弟の問いに、秀信は「知れたことだ」と返した。

「福島を蹴散らさねば、治部が兵を寄越したとて迎えられぬ。ならば追手は皆に任せ、わし自ら搦手に回って兵を動かさん。おまえはここに残って守りを固めるべし」

「危のうござります。お止めくだされ」

秀信は苦笑と共に返した。

「自ら招いた災いぞ。是非に及ばず」

そして本丸に残った二百のうち、百ほどの兵を従えて搦手に回った。本丸の裏手から北西の水手口に向かうと、登山口はもう半分ほど敵に制されていた。

「うらあっ！」

「何の！　糞ったれが」

「た、たた助けて」

「首、置いてけや」

森の中に切り開かれた山道には、敵味方の喚き声が入り乱れている。どこもかしこも人、人、人、詰めても七、八人しか通れない道には猛り狂った敵兵の濁流が押し寄せていた。坂の下まで続く人波に遮られ、向こうにあるはずの長良川《ながら》も見通せない。

「あれを」

「木造様にございますぞ」

馬廻衆・越地太左衛門《こしじたざえもん》と竹内三九郎が、急坂の下を指差した。秀信は「うむ」と頷き、ここぞの大音声を飛ばした。

「秀信である。皆々、気張って持ち場を支えい」

大将の声が渡ると、冷えかけていた味方の気勢がやや持ち直した。

「長槍、雌鳥羽《めどりば》に構えい。隙間なくだ」

坂を半町余り下ったところでは、長政が槍を掲げて足軽衆に下知を飛ばしている。足軽が五十ほどこれに応じ、前に出て槍を打ち下ろす。少しばかり敵が怯んだ隙を衝き、その場に跪いて槍を構えた。石突を右下、穂先を左上にして下知のとおり雌鳥羽に構えて隙間を狭める。と、坂のずっと下から敵将らしき大声が響いた。

「前、屈めい」

幾らも数えぬ頃、鉄砲が斉射された。かなりの数がまとまった轟音である。山道か森の中かの別を問わずに放たれ、大半の鉛弾が木々に当たって、ごつごつと鈍い音の五月雨《さみだれ》を作った。道の向こうから迫った弾は、足軽槍で作られた即席の盾に阻まれ、より甲高い響きを残している。射られて斃れたのは十余人ほどであった。

「数は如何ほどか」

秀信は正面を向いたまま背後に問うた。馬廻衆・森左門《もりさもん》の声が返る。

「敵方の鉄砲、五百ほどかと」

それだけで不利を悟った。岐阜城に残した二千のうち、鉄砲は搦手の敵と同じ五百ほどしかない。犬山城の謀略を知らぬまま、大半は追手口に振り向けていた。残る鉄砲は秀信が率いた兵の半分、五十ほどである。

こちらが策に嵌められたことを、敵は知っている。それだけに、先の斉射を防がれても慌てた様子は見せない。こちらの足軽が長槍の盾を解くのに少しの間を要することを見越し、再び猛然と突っ掛けて来た。

「鉄砲の支度、整い申した」

前に出た竹内三九郎が手を挙げて報じる。秀信は「よし」と声を上げた。

「寄せ手の足軽が槍を掲げたところを叩くべし。頭の上に出た手首を狙え。されど、当たらずとも構わぬ」

五十の鉄砲方が三間（一間は約一・八メートル）ほど進み、その時に備えて得物を構える。押し寄せる敵の気勢に流されたか、火縄から漂う煙の臭いが坂を這い上がって来た。

「当たれい」

敵の足軽が木造長政の兵に襲い掛かる。足軽の長槍が振り上げられ、まさにこちらを叩き据えようとした。

「放て」

秀信の号令一下、五十の鉄砲が火を噴いた。数は敵の十分の一しかないものの、全ての弾が狭い山道に集められていた。

「あぎゃっ」

「う、あ、痛《いて》、痛えがや！」

途端、敵の頭上に幾つかの血煙が弾けた。細い手首を敢えて狙わせたとて、そうそう当たるものではない。だが、たった五十でも山道の一点に集めれば、幾つかは敵に傷を負わせよう。流れ弾が当たる――その格好を無理やり作り出したものであった。

「長政、攻め下れ！」

敵にわずかの怖じ気を感じ、秀信は次の下知を飛ばした。長政は雄叫びを上げ、正面に槍を構えて突っ込んで行った。

「おおお、らっ！」

黒塗りの菊池《きくち》槍《やり》が敵兵の喉を穿つ。将の奮戦に意気を上げ、味方の二百がこれに続いた。

「前、屈め」

敵が再び鉄砲を放とうとしている。だが敵の先手は長政の猛然たる勢いにうろたえ、浮き足立っていた。長政以下は、そうした者共の首根を摑んで肉の盾と為す。五百の轟音に続いて血の花を咲かせたのは、全て敵兵だった。

「次、構えい。放て！」

秀信は五十の鉄砲で再びの斉射を加える。これもまた、先と同じで敵兵の手首を脅かすだけのものだった。だが鉄砲の弾、当たれば死ぬものが一点に集められていることは、さすがに敵も悟ったらしい。最も進み易い山道だけを狙い撃っていると知って、急激に出足を鈍らせた。

「見よ、皆の者。長政が押し返しておるぞ。鬨上げい。えい、えい、えい！」

率いて来た百が、一斉に「おう」と返す。その声が、前にある長政の背を押した。

敵は次第に最前の勢いをなくし、攻守の旗色が大きく変わった。

(治部……頼む。早《はよ》う)

しかし、秀信の願いは露と消えた。

「注進！　追手口、権現山砦《ごんげんやま》、敵方の火矢にて焼け落ちてございます」

本丸から駆け付けた伝令のひと声が、秀信の中に残った意地を叩き崩した。最後の砦が落ちた今、追手口の山道を制されるのも近い。本丸を残し、落城したと言って差し支えないのだ。

（……終わった。間に合わなんだ）

右手に拳を固め、これでもかと太腿を殴り付けた。これ以上、戦は続けられない。本丸には弟・秀則と百の兵のみ、正面の二万に寄せられれば遠からず落とされよう。搦手の敵を蹴散らしたとて、負け戦が変わることはないのだ。

「退け、退けい！」

かくなる上は潔く生涯を決するのみ。それが、天下人の血を背負わされた者の身の処し方である。馬廻衆や鉄砲方が身を挺して盾となる中、秀信は本丸の天守へと戻った。

案の定、本丸も酷い有様であった。敵は既に正面の門に取り付いて、丸太を叩き付けて破ろうとしている。秀則の下に残した兵が櫓から矢を放って応戦するも、そこを鉄砲で狙われ、大半を損じるに至っていた。

「秀則やある」

天守の階段を上りながら呼ばわると、弟はすぐに下りて来た。広間から二つ下の階、廊下に跪いて涙を落とす。

「兄上。無念ながら……」

「たわけ！　泣いている暇などあると思うてか。これより、わしは腹を切る。後のことは、おまえが背負わねばならぬのだぞ」

厳しく叱責されて、秀則は、からからに渇いた声を「はっ」と喉から押し出した。

広間に戻ると、秀信は具足の胴を外した。兜の緒を解きながら大きく溜息をつく。

これから死のうというのに、心はこの上なく平らかであった。懐から短刀を取り出して抜き払い、いざ腹に向けようとする。

「お待ちを！」

血と土で顔を赤黒く染め、木造長政が駆け込んで来た。秀信は穏やかに迎えた。

「其方の申すように、織田嫡流の誇りを汚すまいと思う。これにて今生の別れである」

「この長政、左様なことを申し上げておったのではございませぬ」

「それは分かっておる」

微笑を湛え、囁くように続けた。

「だが、人の世というのは生きにくい。生きるには周りの思いを汲み、それに応えねばならぬのだ。違うか」

「……違いませぬ。されど」

「わしが生き延びれば、望みを持つ者は必ず出てくる。織田秀信は信長公の孫なり、となされど、わしには応える術がない。人を惑わし、罪を作るのみなのだ」

長政は黙ったまま、大粒の涙で顔の汚れを洗っている。秀信はその姿の尊さに、心の底から謝意を示した。

「其方には世話になった。織田の当主となって九年、まことに良う尽くしてくれたな」

すると長政は、激しく頭を振った。

「世話になったと仰せられるなら、ひとつだけ褒美をくだされませ」

秀信は目を伏せた。長政が欲している褒美が何であるか、さすがに分からぬはずがない。思えば長政は、ずっと家康に味方せよと言い続けていた。幾度も退けられながら、それでも最後まで付いて来てくれたのだ。

「……思えば、我儘《わがまま》ばかり申してきたな」

やっと発したひと言に、長政は搾り出すような涙声を返した。

「左様にござる。一度だけ、それがしの我儘をお聞き入れくだされても罰は当たりますまい」

「苦しくとも、無駄であっても、生きよと申すか」

「それがしも、共に」

秀信は、くす、と笑った。

「ならぬ。其方は徳川に味方したかったのだろう。とんだ不忠者ぞ。これにて暇を出すゆえ、城を出るが良い」

「何と……何と、情けないことを仰せられる」

涙と絶望で、わなわなと震えていた。秀信は戦場で張り上げたのと同じ大声を向けた。

「暇を出すと申した。早々に往《い》ね！」

しばしの時が流れた。本丸の門扉から響く丸太の音が、ひと際激しくなっている。

長政は止め処なく流れる涙もそのままに、悲嘆に暮れた面持ちで、ふらふらと下がって行った。

「長政」

秀信は右手の短刀を捨てた。

「其方が徳川に降る手土産をやろう。城を開くと伝えてくれ」

「は……ははっ！」

長政は振り向いて、畳に身を埋める勢いで平伏した。そして、先までの涙とは全く違う嗚咽を漏らした。

日暮れの頃、寄せ手の将が岐阜城の天守を訪れた。城中に騙し討ちの支度がないかどうかを調べるため、二百ほどの兵を伴っている。それらの中から十人余りを従え、ひとりの大将が広間に入った。

「左衛門尉《さえもんのじょう》、福島正則にござる」

口元から頬へ縮れ髭の太い道が通った顔は、戦の汗が乾いて脂ぎっていた。対して秀信は沐浴《もくよく》して身を清め、死に装束に着替えている。

「中納言、織田秀信である」

平らかな面持ちで名乗り、平伏して降伏の意を示した。

「徳川内府殿は豊臣の年寄筆頭なれば、そのお方に抗うたこと、主家への叛心を問われたとて致し方ない。この身は斬首を覚悟しておるものにて、何も望みはござらぬ」

すっと顔を上げ、正則の顔を正面から見据えて朗々と続けた。

「されど織田の家臣はこの限りに非《あら》ず。皆が皆、当主のそれがしに従うたのみ。それが武士《もののふ》の道たることとは、左衛門尉殿もご存知にござろう。ついては、兵と家臣の命ばかりはお助け願いたい」

相対する正則は、しみじみと感じ入ったような顔を見せた。

そこへ騒がしい音が渡った。城を検めていた正則の兵が「待て」と声を上げ、慌てて駆けて来る。兵の手から逃げるように羽音を立て、鷹——三成から借りたままになっていた白雲が飛び込んだ。白雲は広間の中をぐるりとひと回りした後、秀信の肩に止まった。

「この、待て」

「やかましい！」

鷹を追って来た者を一喝し、正則はこちらに向き直って「御免」と軽く頭を下げた。

「それは？」

ゆるりと首を横に振って応じた。

「鷹狩りの用である。戦の気配を察して取り乱したのであろう。大事あるまい」

「なるほど。狩りを嗜《たしな》む者にとって、斯様に立派な鷹は宝と申すもの。されど中納言様にはもう無用のものゆえ、引き取って内府様の許に送ろうと存ずる。よろしゅうござりましょうや」

「それは困る。これは借り物ゆえ、きちんと返さねばならぬのだ」

正則は少しばかり思案顔を見せ、然る後に「ふむ」と頷いた。

「なれば、ひとまずそれがしが預かり、我が手からお返しいたしましょう」

「そう願えるなら有難い。だが、借りたのはこの秀信である。斬首になるとて、その日までは我が許で面倒を見るが筋と申すもの。生ある限り、人は人としての責を果たさねばならぬ」

これを聞くと正則は「おお」と発した。

「さすがは織田信長公のご嫡孫にあらせられる。我が身を省みず家臣を思う心根も然り、領国を安んじて栄えさせたことも、此度の戦ぶりも。加えて、終いまで人の道を踏み外すまいとなされる気概、まこと感服仕りました」

「分かってもらえて嬉しゅう存ずる。この身が潰えた時、鷹を其許に委ねよう」

「否、否。貴殿の如きお人にこそ、生涯を全うしていただきたい。我が手柄と引き換えにしてでも、必ずやお救い申し上げよう」

胸の決意に厳しく目元を引き締めている。まかり間違っても、織田の血筋としての再起を願っているのではない。無駄な余生だとて、生きて欲しいと正則は言うのだ。人の世に生き、人の思いに応えるのは、ことほど左様に難しい。何もかも任せるしかなかろう、と頷く。

正則はそれを見て少し嬉しそうに頷き返し、然る後に「やれやれ」と溜息をついた。

「返すがえすも、貴殿が治部などにお味方された訳が分かりませぬ。あの者に、少しでも斯様な誠があればのう」

それは違う。正則が三成の誠心を感じられぬだけなのだと、秀信は心中に大きく頭を振った。だが面持ちには出さない。それこそ三成の如きすまし顔を貫いていた。

＊

痩せ細った白雲を撫でる傍ら、竹内三九郎は未だ涙に咽《むせ》んでいる。もっとも泣き声は、ようやく、こちらの死を受け入れるものに変わったようだ。秀信は安堵して声をかけた。

「其方は何ゆえ、わしに従って高野山に来た」

「それがしは、ただ……。ただ、中納言様のお傍にと」

「僧門に入って息を潜め、果ては病を得て放り出された、情けなき男ぞ」

三九郎は涙に乱れた顔を上げ、真っすぐに見つめてきた。

「いいえ。中納言様は最後まで、皆に心を砕いてくだされました。そのご温情に感じ、離れ難く思うたのみにござります」

「そうか」

岐阜で抱えていた家臣には、ひととおり徳川に降って新たな主を見つけよと厳命した。にも拘らず、十四人の者が高野山まで従って来た。それらの中で最後まで残ってくれた三九郎には、ただ感謝の念があるのみである。

秀信は「ふう」と弱い息を漏らした。

「白雲も、同じだったのやも知れぬな」

三九郎は右手で目元を拭い、鼻に掛かった声で応じた。

「左様にござりましょう。命ある限り世話をするという、中納言様のお心に応えたのです」

五年前、岐阜城が落ちてからひと月足らずの九月十五日、三成率いる兵は徳川方と美濃関ヶ原で決戦に及んだ。三成方八万余、徳川方七万三千余の戦いは、大軍の激突にも拘らず、ただの一日で終わった。一万五千の兵を従える小早川秀秋が家康に寝返ったことによる。三成は戦場を脱し、再起を期して大坂を指したものの、捕らえられて斬首となったという。秀信は既に敗軍の将として剃髪し、尾張国の知多《ちた》に送られていたため、仔細は人伝《ひとづて》に聞くしかなかった。

「ああ……」

疲れた声で漏らし、秀信はまた身を横たえた。わずかばかり身を起こしていただけで、骨と皮ばかりの背中が酷く痛む。筵をかけてくれる三九郎に、今見せられる最良の笑みを向けた。

「明日の日が昇った時、わしはもう生きてはおるまい」

「……はっ」

「頼みがある」

「何なりと」

三九郎が、すがり付かんばかりに身を乗り出す。声を出すのも億劫《おっくう》になっていたが、それでも秀信は唇だけで囁いた。

「白雲を放してやれ」

「されど」

「良い」

食う物も満足に与えられぬ暮らしの中、ずっと逃げずにいてくれたのだ。我が心に応えてくれたのだとしても、もう十分に義理は果たしていよう。

三九郎は少し口を噤み、やがて「はい」と応じて、床の脇に佇んでいた白雲の身を大事そうに持ち上げた。そして土間の隅にある明り取りに運び、小窓の縁に止まらせる。

「さあ。中納言様の思し召しぞ」

言い聞かせる言葉に、白雲が病の床を見る。きょろりと丸い目が愛らしい。秀信は囁くことも辛くなっていたが、ゆっくりと口を動かして「行け」と促した。

白雲は名残惜しそうに首を傾げ、ぱさぱさと羽ばたいて行った。

空の向こうを見送ったまま、三九郎が控えめな声で懇願した。

「それがしは、中納言様をお弔いするまで従います。お認めくだされませ」

秀信は答える代わりに、静かに目を瞑った。

(義理……か)

それは白雲や三九郎でなくとも、己とて同じなのだと思う。これで三成への義理は果たした。そして、祖父・信長にも。

(人の世、血筋、天下。実に馬鹿馬鹿しい)

天下人の血を背負わされた身には、それに応じた役目があったのだと思えてならない。木造長政は、そして福島正則も、無駄な余生で構わぬから生きよと言った。高野山まで付き従った者があり、竹内三九郎は己の死に水を取るのだと言う。

皆がそれを望んだのは、何ゆえだったろう。詰まるところ己は、織田の嫡流は、皆にとって乱世そのものだったのではないか。ならばこそ、戦乱の行き着く先を見届けるべし——それが己に課せられた任だったように思える。

(ならば、わしは全うした)

関ヶ原の戦いを制した徳川家康は、その三年後に征夷大将軍の宣下を受けて江戸に幕府を開いた。自身はたった二年で将軍位を退いたが、子の秀忠を二代将軍に就け、徳川の権勢が揺るぎないことを世に認めさせている。立場の上では未だ豊臣の家臣だが、既に主家を遥かに凌ぐ力を手に入れているのだ。

(成し遂げたと思うて良かろう)

何しろこの先、この国が大きく乱れることはないのだから。己が見届けた乱世、野に放たれた白雲が空から見下ろすだろう大地は、既に徳川の天下なのだ。

(のう、治部)

瞑目した顔に満足が浮かぶ。横たわる床の脇に、三九郎が腰を下ろす静かな音が聞こえた。

本書は二〇一六年十二月、小社より単行本として刊行されました。

|著者|吉川永青　1968年東京都生まれ。横浜国立大学経営学部卒業。2010年「我が糸は誰を操る」で第5回小説現代長編新人賞奨励賞を受賞。同作は、『戯史三國志 我が糸は誰を操る』と改題し、翌年に刊行。'12年『戯史三國志 我が槍は覇道の翼』、'15年『誉れの赤』でそれぞれ第33回、第36回吉川英治文学新人賞候補となる。'16年『闘鬼 斎藤一』で第4回野村胡堂賞受賞。7人の作家による"競作長篇"『決戦！関ヶ原』『決戦！三國志』『決戦！川中島』『決戦！関ヶ原2』『決戦！賤ヶ岳』にも参加している。他に、『関羽を斬った男』『治部の礎』『海道の修羅』『孟徳と本初 三國志官渡決戦録』『龍の右目 伊達成実伝』『老侍』『第六天の魔王なり』などがある。

裏関ヶ原《うらせきがはら》
吉川永青《よしかわながはる》

2018年11月15日第1刷発行
2018年12月11日第2刷発行

発行者──渡瀬昌彦
発行所──株式会社 講談社
東京都文京区音羽2-12-21　〒112-8001
電話 出版 (03) 5395-3510
　　 販売 (03) 5395-5817
　　 業務 (03) 5395-3615

Printed in Japan

講談社文庫
定価はカバーに表示してあります

デザイン──菊地信義
本文データ制作──講談社デジタル製作
印刷───豊国印刷株式会社
製本───株式会社国宝社

ISBN978-4-06-512906-7

講談社文庫刊行の辞

二十一世紀の到来を目睫に望みながら、われわれはいま、人類史上かつて例を見ない巨大な転換期をむかえようとしている。

世界も、日本も、激動の予兆に対する期待とおののきを内に蔵して、未知の時代に歩み入ろうとしている。このときにあたり、創業の人野間清治の「ナショナル・エデュケイター」への志を現代に甦らせようと意図して、われわれはここに古今の文芸作品はいうまでもなく、ひろく人文・社会・自然の諸科学から東西の名著を網羅する、新しい綜合文庫の発刊を決意した。

激動の転換期はまた断絶の時代である。われわれは戦後二十五年間の出版文化のありかたへの深い反省をこめて、この断絶の時代にあえて人間的な持続を求めようとする。いたずらに浮薄な商業主義のあだ花を追い求めることなく、長期にわたって良書に生命をあたえようとつとめるところにしか、今後の出版文化の真の繁栄はあり得ないと信じるからである。

同時にわれわれはこの綜合文庫の刊行を通じて、人文・社会・自然の諸科学が、結局人間の学にほかならないことを立証しようと願っている。かつて知識とは、「汝自身を知る」ことにつきていた。現代社会の瑣末な情報の氾濫のなかから、力強い知識の源泉を掘り起し、技術文明のただなかに、生きた人間の姿を復活させること。それこそわれわれの切なる希求である。

われわれは権威に盲従せず、俗流に媚びることなく、渾然一体となって日本の「草の根」をかたちづくる若く新しい世代の人々に、心をこめてこの新しい綜合文庫をおくり届けたい。それは知識の泉であるとともに感受性のふるさとであり、もっとも有機的に組織され、社会に開かれた万人のための大学をめざしている。大方の支援と協力を衷心より切望してやまない。

一九七一年七月

野間省一

講談社文芸文庫

大澤真幸
〈自由〉の条件
個人の自由な領域が拡大しているはずの現代社会で、閉塞感が高まるのはなぜか？他者の存在こそ〈自由〉の本来的な構成要因と説くことにより希望は見出される。

978-4-06-513750-5
おZ1

塚本邦雄
百花遊歴
花を愛し、本草学にも深く通じた博学の前衛歌人が、古今東西の偉大な言語芸術を精選、二十四の花圃に配置し、真実の言葉を結晶させようと心血を注いだ名随筆。

解説＝島内景二

978-4-06-513696-6
つE10

講談社文庫　目録

有限会社養老研究所 写真・関 由香　まる文庫
吉川永青　戯史三國志 我が糸は誰を操る
吉川永青　戯史三國志 我が槍は覇道の翼
吉川永青　戯史三國志 我が土は何を育む
吉川永青　誉れの赤
好村兼一　兜割源三郎〈玄治店密命始末〉
吉村龍一　光る牙
吉村龍一　隠された牙〈森林保護官 樋口孝也の事件簿〉
吉田伸弥　天皇への道
吉川トリコ　ぶらりぶらこの恋
吉川トリコ　ミドリのミ
吉川英梨　波動〈新東京水上警察〉
吉川英梨　烈渦〈新東京水上警察〉
吉川英梨　朽《く》海《かい》の城〈新東京水上警察〉
吉川英梨　海底の道化師〈新東京水上警察〉
薬丸岳／竹吉優輔／高野文緒／横関大／遠藤武文／翔田寛　デッド・オア・アライヴ
ラズウェル細木　う　松の巻
ラズウェル細木　う　竹の巻
ラズウェル細木　う　梅の巻

隆慶一郎　花と火の帝(上)(下)
隆慶一郎　時代小説の愉しみ
隆慶一郎　新装版 柳生非情剣
隆慶一郎　新装版 柳生刺客状
隆慶一郎　新装版 捨て童子・松平忠輝(上)(中)(下)
隆慶一郎　見知らぬ海へ〈レジェンド歴史時代小説〉
梨沙　華《はな》鬼《おに》
梨沙　華鬼 2
梨沙　華鬼 3
梨沙　華鬼 4
連城三紀彦　女王(上)(下)
連城三紀彦 著／綾辻行人／伊坂幸太郎／小野不由美／米澤穂信 編　連城三紀彦 レジェンド〈傑作ミステリー集〉
連城三紀彦 著／綾辻行人／伊坂幸太郎／小野不由美／米澤穂信 編　連城三紀彦 レジェンド2〈傑作ミステリー集〉
令丈《れいじょう》ヒロ子 原作・文／吉田玲子 脚本　小説 若おかみは小学生！〈劇場版〉
渡辺淳一　失楽園(上)(下)
渡辺淳一　男と女
渡辺淳一　泪《なみだ》と壺《つぼ》
渡辺淳一　秘すれば花
渡辺淳一　化粧(上)(下)

渡辺淳一　あじさい日記(上)(下)
渡辺淳一　熟年革命
渡辺淳一　幸せ上手
渡辺淳一　新装版 雲の階段(上)(下)
渡辺淳一　麻酔〈渡辺淳一セレクション〉
渡辺淳一　阿寒に果つ〈渡辺淳一セレクション〉
渡辺淳一　何《いず》処《こ》へ〈渡辺淳一セレクション〉
渡辺淳一　光と影〈渡辺淳一セレクション〉
渡辺淳一　花《はな》埋《うず》み〈渡辺淳一セレクション〉
渡辺淳一　氷紋〈渡辺淳一セレクション〉
渡辺淳一　長崎ロシア遊女館〈渡辺淳一セレクション〉
渡辺淳一　遠き落日(上)(下)〈渡辺淳一セレクション〉
若竹七海　閉ざされた夏
若竹七海　船上にて
渡辺容子　左手に告げるなかれ
渡辺容子　ターニング・ポイント〈ボディガード八木薔子《しょうこ》〉
渡辺容子　要人警護
渡辺容子　ボディガード 二ノ宮舜
和田はつ子　猫始末〈お医者同心 中原龍之介〉

講談社文庫　目録

講談社文庫　目録

江戸川乱歩賞全集
日本推理作家協会編

中島河太郎 ① 探偵小説辞典
仁木悦子 猫は知っていた
多岐川恭 ② 濡れた心
新章文子 危険な関係
陳舜臣 ③ 枯草の根
戸川昌子 大いなる幻影
佐賀潜 ④ 華やかなる死体
藤村正太 孤独なアスファルト
西東登 ⑤ 蟻の木の下で
西村京太郎 天使の傷痕
斎藤栄 ⑥ 殺人の棋譜
海渡英祐 伯林—一八八八年
森村誠一 ⑦ 高層の死角
大谷羊太郎 殺意の演奏
和久峻三 ⑧ 仮面法廷
小峰元 アルキメデスは手を汚さない
小林久三 ⑨ 暗黒告知
日下圭介 蝶たちは今…
伴野朗 ⑩ 五十万年の死角
梶龍雄 透明な季節
藤本泉 ⑪ 時をきざむ潮
栗本薫 ぼくらの時代
井沢元彦 ⑫ 猿丸幻視行
長井彬 原子炉の蟹
高橋克彦 ⑬ 写楽殺人事件
中津文彦 黄金流砂
岡嶋二人 ⑭ 焦茶色のパステル
鳥井架南子 天女の末裔
東野圭吾 ⑮ 放課後
山崎洋子 花園の迷宮
石井敏弘 ⑯ 風のターン・ロード
坂本光一 ⑰ 白色の残像
長坂秀佳 浅草エノケン一座の嵐
鳥羽亮 ⑱ 剣の道殺人事件
阿部陽一 フェニックスの弔鐘

古典

高橋貞一校注 平家物語(上)(下)
中西進校注 万葉集 全訳注原文付 全四冊
中西進編 万葉集事典〈万葉集全訳注原文付・別巻〉
世阿弥編 川瀬一馬校注 花伝書(風姿花伝)

2018年9月15日現在